アブノーマル・スイッチ

# 1

月末の慌ただしいオフィスで、私は仕事をしている風を装いキーボードを叩いていた。ディスプレイに表示されているのは一時間前から少しも進んでいない社内報の編集画面と、インターネットの検索画面だ。私は仕事にまったく身が入らないまま、できるだけ小さくした検索画面に、『フェロモン　出すには』と打ちこんだ。

検索ボタンをクリックして出た、〝色気は内側から滲み出るもの〟という一文に溜息をついていると、メーラーがピロン、と音を立てメールの着信を知らせた。

我に返ってブラウザを閉じ、その新着メールを開く。

『お疲れさま。このあいだの経費精算の領収書、忘れててごめん。あとで持っていきます』

メールは、同期の藤澤くんからのものだった。一フロア下の開発室から送ってきたのだろう。

数日前、彼が提出した経費精算書に、一枚、領収書が足りていなかったのだ。そのため私の机にある書類棚には、彼からの申請書だけが処理を進められず取り残されていた。

人に強く言えない性格のせいで、こうした補佐業務ではいつも苦労する。記入事項の不備不足、添付漏れに締め切り遅れ。システムエンジニアとして働く技術職社員の多くは、そういった事務的な作業を嫌がる。だから書類の不備を指摘しても、なかなか直してもらえない。その点、藤澤くんは私たち事務職の社員にとって、とてもありがたい存在だった。

そもそもミスが少なくて、もし間違えていたとしても、一度指摘すれば同じことは絶対に繰り返さない。それにサブリーダーという立場もあって、後輩にも気をつけるようにとひと言、言ってくれたりする。そのうえ彼は雰囲気が柔らかくて、なにかにつけ頼みごとがしやすかった。

送られてきたメールの末尾には、『追伸』とつけ加えられていた。

『さっき人事の井上さんにマカロンもらったから、ひとつ佐野にあげるよ。あの人、俺のこと太らせるつもりかな』

きっと、断りきれず沢山もらったのだろう。そんな光景がありありと想像できて、私は今日出社してから初めて頬を緩めた。

周りに気づかれないようこっそり口元を擦り、表情を引き締める。

『お疲れさまです。領収書、よろしくお願いします。追伸。私、マカロンって食べたことない。こっちは菜月ちゃんにクッキーもらったから、交換しよう』

かちっ、とボタンをクリックし、メールを送信する。落ちてきた髪を耳にかけ直しながら、私は藤澤くんの姿を思い浮かべていた。

どちらかといえば細身な風貌が女性の母性本能をくすぐるのか、彼は人事の井上さんをはじめ、女性社員からよくお菓子をもらっている。

「本当の理由は出世の有望株だからでしょう。餌づけよ、餌づけ」

と、同じ課の同期でもある菜月ちゃんが皮肉をこめて言っていた通り、彼女たちには下心もなきにしもあらず、なのかもしれない。

言い方はともかく、確かに藤澤くんは社内でもかなり有能な人材として知られている。彼は国立大学の大学院修士卒で、機械工学を専攻していたという。プログラム開発の研究室にいたためか、入社当初からすでに即戦力だった。もともとパソコンが好きなようで仕事も嫌がらず率先してやるし、人当たりも良い。同性や先輩から妙に好かれていて、時々からかわれていることもあるけれど、入社四年目にしてプロジェクトのサブリーダーを任されるようになったのはすごいことだ。

私たち大卒採用からすると二歳年上だけれど、

「同期なんだから堅苦しいのはナシで」

という本人の言葉通り、同期のメンバーは彼に一目置きながらも、年齢差を感じさせない付き合いをしている。

かくいう私も、彼に対しては初めから、あまり人見知りをせずにいられた。入社後に催された懇親会で隣同士の席だったのが、藤澤くんと話すようになったそもそものきっかけだ。酒も入り、周囲が盛り上がりを見せる中、なんとなく気後れしていた私に彼は気さくに声をかけてくれた。

それ以来、藤澤くんは私にとって数少ない、よく言葉を交わす男性のひとりになった。

すっかり止まっていた社内報の作業に戻ろうとしていると、メーラーが再びピロンと鳴った。届いたメールには、

『クッキーか、いいね。交渉成立。じゃあお昼休み、領収書と一緒に持っていくよ』

と書かれていた。


菜月ちゃんとの昼食をすませて少ししたころ、藤澤くんは予告通り、領収書と小さな菓子箱を手に私の席までやって来た。

まだ休み時間とあって、フロアには空席が目立つ。彼は空いていた隣の椅子に腰かけると、私に領収書を差し出した。

「はい、これ。大変ご迷惑をおかけしました」

「ううん、まだ間に合うから大丈夫。ありがとう」

藤澤くんは深々と頭を下げたけれど、その顔は笑顔だ。私もつられるように笑って、領収書を受け取る。

「それと、こっちはお約束の品」

「また……可愛らしいお菓子もらったね」

ビニールの包みが箱から出てきて、ころんと手のひらに転がされた。苺味だろうか、可憐なピンク色のマカロンだ。私のひと言に、藤澤くんは苦笑いして頷く。

「だろ？　さすがに開発室では食べにくかった……」

「ピンク色、食べたの？」

「いや、オレンジ色。あとレモン色のやつも」

「どっちも可愛い色だね」

「そうなんだよ。相模さんにもからかわれた。匠ちゃんってば、またお姉様から餌もらったの？　って」

先輩社員から茶化される姿が目に浮かんだ。きっとそのからかいには、僻《ひが》みもやっかみも含まれていないはずだ。

「藤澤くん、いつも相模リーダーにからかわれてるよね」

「相模さんだけじゃないけどね。後輩にまで笑われて、さすがに恥ずかしかった」

くすくすと微笑む横顔を眺めながら、ふと、整った顔だなと思った。精悍《せいかん》というよりは柔和。けれども可愛いというわけではない。周りの女性社員が言うように、かっこいい人だ。中性的というのがしっくりくるかもしれない。きっとモテるだろうし、こんな人なら恋愛で悩むことも、振られてしまうこともないに違いない。

そんなことを考えていたら、一ヶ月前の出来事が頭をよぎった。

──芽衣は真面目すぎて、つまらない。

あの日、電話越しに聞いた元彼の声が甦《よみがえ》りそうになって、私は無理やり笑顔を作った。

「藤澤くんは優しいいし人当たりがいいから。からかわれちゃうのも、みんなに愛されてる証拠だよ」

「そうかな」

「うん。私も見習いたいくらい」

「見習うって、佐野が俺を？」

「うん」

口にしてから、私は少し後悔した。言葉にすると余計に、自分には足りないものだらけな気がしてきたからだ。

たとえば私がもっと、ポジティブな性格だったら。読書や手芸、ネットでのウィンドウショッピングとかが好きなんて、そんな地味で内向的な女じゃなかったら。藤澤くんのようにみんなから親しまれる素敵な女性だったらきっと、こんな惨めな気持ちは抱かずにいられた。

「いいんじゃない？　佐野はそのままで」

「……そんなことないよ」

私に色気があって、もっともっと魅力的だったら。

視線をそらした先で、パソコン画面がスクリーンセーバーに切り替わった。私の気も知らず、呑気にメーカーのロゴを表示し始める。

「そのままでいいと思うよ。佐野は真面目だし、聞き上手だし」

「……真面目？」

それまで藤澤くんの声はほとんど耳を素通りしていたのに、そのひと言だけがやけに感情を波立たせた。

「うん、真面目。佐野のいいところだよね」

きっと本心から褒めてくれていると頭ではわかっていたのに、理性がぼろぼろと崩れる音がした。聞き覚えのあるそのひと言を、私はまだ、うまく聞き流すことができなかった。

「……まじめ……」

「ん？」

「そんなつもり、なかったんだけどな――」

私は一ヶ月前、恋人から別れを告げられた。

もしも振られていなければ、今日は付き合い始めて三年目の記念日だった。その彼から言われた最後の言葉が、「芽衣は真面目すぎてつまらない」だった。

泣きたくなんかないのに、視界がみるみる滲《にじ》んだ。ディスプレイに映るロゴマークもも
う読み取れない。冷静になろうとしても、感情が次から次へと溢れ出す。こんな日に、ず
る休みする勇気もなく会社にいることを思うと、やるせなくてますます涙が零れそうに
なった。

「え……佐野？」

瞼をきつく閉じ、大きく深呼吸する。顔を隠すように俯《うつむ》くと、異変に気づいた藤澤くん
が戸惑いの声を上げた。

「えぇっ⁉　ど、どうした？」

「ご、ごめ……」

このままじゃ困らせてしまう。そう思ったけれどすでに手遅れで、スカートにぽたりと
水滴が落ちた。慌てて涙を拭う。こっそり鼻をすすったつもりが、ずずっと思ったより大
きな音になった。

「……悪い。俺、なにか変なこと言った？　それとも、なんかあったの？」

「違う、ごめん……本当に。なんでもない、ごめんね……」

何度謝っても足りない気がしたけれど、繰り返し詫びた。感情のうねりをなだめようと
呼吸を整えていると、藤澤くんが唐突に言った。

「……そうだ、佐野。もし今夜暇だったら、飲みに行かない？」

う。

「え？」

私はまた鼻をすすりながら顔を上げた。藤澤くんは涙ぐむ私と目を合わせて、にっと笑

「ほら、最近行ってなかったし。久しぶりにどう？」

気を遣わせてしまったとわかって、堪《たま》らなく申し訳ない気持ちになった。

返す言葉を見つけられずにいるうちに、フロアのドアが開く音がした。時計を見ればもう昼休憩が終わる時間になっていた。

急いで手の甲で頬を押さえ、涙の痕跡を消した。その間、藤澤くんはなにも言わない。

表情を変えることもせずにいてくれたおかげで、素直に頷けた。

「…………行く」

行けばきっと、相談とも愚痴ともしれない話を彼に聞かせることになる。迷惑もかけてしまうだろう。けれど、なによりも今晩、ひとりでいることに耐えられそうになかった。

「よかった。昼休み終わるからもう戻るけど、あとでメールするから」

「……うん」

フロアに人が増えはじめたのを見て、藤澤くんは腰を上げた。そして立ち去ろうとしたとき、彼はなにかを思い出したように振り返った。

「そうだ佐野、俺のクッキーは？」

「あっ……！　ごめん、忘れてた。はい、これ」

「お、美味《うま》そう。ありがとう。羽柴にもお礼言っといて。じゃあ、またあとで」

「……うん、わかった」

藤澤くんはクッキーの包みを手に、嬉しそうな笑顔を残してフロアを出て行った。

そして、午後の仕事を始めてしばらく経ったころ、みたびメーラーがピロンと鳴った。

『十九時半に、この店の前で待ち合わせ』

文末には律儀に、店のホームページのアドレスと、場所の説明が書かれていた。

## 2

「俺はいつも振られてばっかりだよ」

待ち合わせた店で料理をオーダーし、「じつは彼氏に振られて……」と零した私に、藤澤くんは自らの恋愛傾向を語りはじめた。

「彼女にはだいたい、いつも仕事でほっとかれて寂しいとか……そんな人だとは思わなかったなんて言われるんだよね」

そう言って彼は生ビールのグラスを傾け、溜息をついた。

藤澤くんから指定された店は、会社から駅を挟んで反対側、普段の飲み会でもあまり行かない場所にあるダイニングバーだった。暖色系の照明が灯された店内には、ところどころに観葉植物があって雰囲気がいい。通されたのは半個室のソファー席で、テーブルには藤澤くんの生ビールと私が頼んだカシスオレンジ、それに生春巻きのサラダと若鶏の唐揚げが並んでいる。

「藤澤くんは振られることなんてないんだろうなって……勝手に思ってた」

「いや、いつも同じパターンで別れてる。それでもやっぱり仕事は好きだし、忙しいのも嫌いじゃないから」

「うん、そんな感じがする」

職場での彼は常に生き生きとしていて、繁忙期だろうと嫌な顔ひとつせず仕事をこなしているイメージだ。それにシステムエンジニアの社員は夜遅くまで残業をすることも多い。そんな多忙な人が恋人だと、相手も大変なのかもしれない。

手にしたグラスを軽く傾けて、おずおず尋ねてみる。

「……そうやって振られたとき、藤澤くんはどうするの？」

「どう、って？」

「追いかけたり、するのかなって」

彼は考える素振りをしながら、美味しそうに一杯目のビールのグラスを空にした。そして、あっさりと首を振った。

「追いかけたりはしないよ。去る者追わず」

「そっか……」

去る者追わず。そんなことが私にできるだろうか。

胸の奥がずきずきと痛む。あの人が初めて三年近くも付き合った恋人だったからか、振られてもう一ヶ月が経つというのに、その痛みは少しも癒えずにいた。

店員におかわりを注文する藤澤くんを横目に、再びグラスを傾けた。ちびりちびりと口をつけていると、彼はわずかに言いにくそうな顔をした。

「やっぱり合コンがきっかけだと、お互い理解しきれないうちに付き合っちゃうから。それで終わるのも早いのかもなって、最近は思う」

「合コンがきっかけのことが多いの？」

「これまで付き合った人だって多いわけじゃないけど……、社会人になってからはふたりかな」

もごもごと生春巻きを頬張《ほおば》りながら、藤澤くんはその人数まで教えてくれた。私は、もっと多いかと思っていたという言葉を飲みこんで、代わりにふとした疑問を口にした。

「会社の人とは、付き合ったりしないの？」

「んー……避けてる」

「どうして？」

「こんなこと付き合う前に気にするのも変だけど、もし別れたりすると……どうしてそうなったかを、女の人は周りに言うだろ？」

「……うん、言うかも」

苦笑い混じりの台詞に、躊躇《ためら》いつつ頷いた。

確かに女性は、よほど秘密にでもしていない限り、恋人とのことを周囲に話す。同期の菜月ちゃんも、彼氏と喧嘩をするたび私に愚痴を零す。それがもし別れたなんてことになれば、女性たちはその理由までもお喋りの種にしてしまうだろう。

「それでちょっと、大学のときに嫌な思い出が……」

「そうだったんだ」

「まあ、それ以外でもいろいろと。だから、会社の人は避けてる」

言いながら、藤澤くんはついと視線をそらした。なんだろう。少し引っかかる。

「藤澤くんならきっと、社内でも選びたい放題なのに」

「まさか。それにたとえ選べたとしても、たぶんまた振られると思う。そういうの最近、懲《こ》りてるんだ」

なにか事情を匂わせつつも、彼は唐揚げを口に放りこみ明るく笑った。

「でも、佐野みたいな子が相手だったら大丈夫だろうけどね」

「大丈夫って？」

「なんとなく……口が堅そうだし」

「そうかな」

藤澤くんはおもむろに箸を置き、少しだけ声のトーンを低くした。

「だから、今日のあれには驚いた。よっぽどつらいことがあったんだろうなって」

突然、会社で泣いてしまったことに触れられて、私は思わず視線を落とした。

「……もし、元彼と別れてなかったら……今日が三年目の記念日だったんだ」

「……そっか」

今日はちょうど金曜日だからと、私はずいぶん前から夜の予定を空けていた。きっと素敵な時間をすごせる。そんなことを、こっそりと期待して。

「それでさっきは、あんな恥ずかしいことになっちゃって。いまも……こうやって話まで聞いてもらってごめんなさい」

「そんなことは気にしなくていいよ。でもさ、そんなに好きだったの？　その元彼のこと」

少し考えを巡らせて、私は深く頷いた。

これまでに付き合った人の数は、その元彼を入れても三人だけ。高校生のとき、告白されて付き合いはじめた最初の彼は、一ヶ月も経たないうちに「ほかに好きな子ができた」と言った。大学生のときの同級生の彼とは、三ヶ月で終わった。「おとなしいね」という言葉をそのままの意味で受け止めていたけれど、あれはきっと「一緒にいても楽しくない」ということだったのだろう。

そして先月別れた元彼とは、社会人一年目のときに付き合いはじめた。彼は四歳年上で、少しマイペースな人だったけれど、内向的な私をいつもリードしてくれた。彼が私にとって、初めて一年以上の時間を共にした人だった。春も夏も秋も冬も。すべての季節を一緒にすごした。

油断をするとすぐ、記憶の底にある思い出に囚われてしまいそうになる。果たして元彼への恋愛感情は、きちんと過去のものになっているのだろうか。そんなことを思って溜息をつくと、私の心の内を見抜いたのか、藤澤くんは諭《さと》すように言った。

「余計なお世話かもしれないけど……佐野がつらくなるのは、その元彼にまだ執着してるせいだよ。もう別れたのに、執着し続ける必要なんてある？」

「どういうこと……？」

まるで、ものわかりの悪い生徒にでもなった気分だ。藤澤くんは教師のように、指でテーブルをコツコツと鳴らす。

「相手のことを他の人とは違う特別な存在だって思うから、嫉妬も不安も、未練も生まれるんだよね。けど別れたいまとなってはもう、そんな感情を持ち続けてもつらいだけでしょ」

確かにそうだ。どんなに特別に想っても、相手にはもう手が届かない。それほど虚しいことはない。けれど、そう理屈通りに感情は操《あやつ》れない。

「別れた以上、その人とはただ合わなかっただけだって思うけど……佐野はそんな風には思えない？」

淡々とした物言いに一瞬、人当たりのいい普段の彼が影を潜めたように思った。彼と恋愛の話をしたのはこれが初めてだけれど、その考え方にはなにか違和感を覚える。

「……藤澤くんは……人に執着することは、ないの……？」

恋愛に夢中になることはないのかという意味をこめて問いかけると、彼は軽く首をひねった。

「ほとんどないよ。だって俺、人に執着したくないって思ってるから」

「どうして？」

「んー……それは内緒」

さらりと受け流されたことに拍子抜けする。

「藤澤くん……意外と、冷めてるんだね」

「……そう？」

「頭でわかってても、感情って簡単にはコントロールできないよ……。そんなの、どうしたらいいの？」

「それは自分で考えなきゃ」

藤澤くんは、優しい笑みを絶やさず話してくれている。それなのにどこか自分との温度差のようなものを感じて、私は思わず本音を漏らした。

「……なんか藤澤くん、意地悪な感じがするね……」

「こんなの、意地悪のうちに入らないよ」

一瞬だけきょとんとした表情になったあと、藤澤くんはにっこりと穏やかな笑顔になった。そして突然私の顔を覗きこみ、真顔で言った。

「……佐野はその元彼のこと、好きだったんじゃなくて、まだいっぱい、好きなんだね」

すぐには意味がわからなくて、ただただ目を丸くした。言われたことの真意に気づいたとき、視界がぶわっと涙で滲んだ。

藤澤くんの言う通りだった。きっと私の中で、あの人のことはまだ過去形にもなっていない。だからこそ元彼から放たれた言葉が、ざっくり胸に突き刺さったまま抜けずにいるのだろう。元彼に指摘された自分の真面目さも、そもそも自分自身のことさえも大嫌いになりそうだった。

「ね、佐野。意地悪っていうのは、こういうのなんじゃない？　……って、あれ……？」

「……っ、……そんなこと、言わないでよ……」

「あっ！　ごめん、つい……！　あああ、泣くなよー」

「……ああもう、私、本当にみっともない……」

いい歳をして、一度どころか二度までも同僚の前で泣いてしまうなんて。ぐっと歯を食いしばって涙を堪えようとしている私に、藤澤くんは何度も謝りながらメニューを差し出した。

「ほんっとにごめん！　なんか思わず、ムキになってしまったというか――」

「……ムキ？」

「あ、いや、なんでもない。佐野、飲もう！　こういうときは思い切って、いつもと違うことするといいんだよ。たとえばヤケ酒飲むとか」

「……ヤケ酒……」

考えこむ私をよそに、藤澤くんはメニューにある、女性に人気という欄を指差した。

「ほら、飲み物なくなりそうだし、なにか頼もう。なにがいい？」

「……じゃあ、これ。柚子ハイボール」

「よし、俺も付き合うから！」

元彼のことをまだ忘れられずにいる。そう自覚した途端、心の傷痕はずきずきと痛みを増した。

真面目すぎてつまらない。

頭の中で響き続ける声にかぶりを振った。ヤケ酒してやる！　と誰にともなく宣言して、運ばれてきたグラスを摑み取る。一気に流しこむと、思ったより強いアルコールの香りが喉を刺激した。ほとんど空になったグラスをテーブルに置くと、氷が荒っぽい音を立てた。

そして――。

続けざまに何杯かおかわりをしたところで、私の記憶はぷっつり途切れた。

気がつくと、私は見覚えのない部屋のベッドで横になっていた。視界が揺らめいた気がして、瞼を擦る。目がよく見えないと思ったら、部屋が薄暗いせいだった。

数秒経ち、暗がりに慣れた目に映ったのは茶と黒を基調にしたシンプルなインテリア、大きな本棚に、ガラスの座卓。音量の抑えられたテレビが室内をちらちらと照らしていて、その前にあるひとりがけのソファーに、逆光になった黒い人影が見えた。

その後ろ姿が藤澤くんだとわかって、私は慌てて飛び起きた。

「ふ、藤澤くん⁉　あの、私……」

「あ、起きた。気分は大丈夫？」

「私……あれ？　えっと……え……っと？」

「佐野、店で潰れちゃってさ。送ろうにも家はわかんないし、起きないし。とりあえずうちに運んだんだ」

「え……全然、記憶が……。ご、ごめん……！」

混乱で頭がぐらんぐらんと揺れているように感じる。実際に体も揺れているかもしれない。曖昧な記憶を必死に手繰り寄せる。でも、どう頑張っても追加で酒を注文したあたりで呆気なく途絶えていた。

なりゆきとはいえ付き合ってもいない異性の部屋にいることに動揺していると、それを察したらしい藤澤くんが優しく笑った。

「断じて、決して、天に誓って、なにもしてないから安心して」

「そ、そっか……」

そこまで断言されると、逆に複雑な気持ちになった。そう言えばあの人にも、「芽衣には そそられるような色っぽさが足りない」と言われたことがある。そんなにも、私は色気が ない女なのだろうか。

酔っているせいか目の前がぼんやり曇っていて、どこかに現実を置き忘れてしまったよ うな感覚がする。視線を彷徨《さまよ》わせていると、藤澤くんは心配そうに私を見た。

「ごめんな。佐野、酒弱いのに。ハイボールって飲みやすいけど、結構くるんだよね」

「ううん、調子に乗った私が悪いの……ごめんね」

「こっちこそ。泣かせちゃったし……いつもと違うことしろなんて無責任なことまで言っ て、悪かった」

「……私も。真面目じゃないことしてみたらいいのかなって、つい、馬鹿なこと考え ちゃったから」

そこまで口にしたところで、私は起きている気力を失った。体を無遠慮にベッドに沈ま せる。男の人の匂いが、ふわりと鼻先をくすぐった。呟きはよく聞き取れなかったらしく、 藤澤くんはベッドに倒れた私を見て首を傾げていた。

テレビからかすかに笑い声が流れてきて、なんだか自分を笑われているみたいに思った。

「私ね……真面目すぎてつまらないって、元彼に振られたんだ」

「真面目すぎて？」

見慣れない天井に向かって頷いた。三年近く続いていた恋人との関係は、あの日、三十分にも満たない電話で幕を閉じた。

「見る目のない男だな、そいつ」

「……ありがと……」

それきり会話が途切れた。

気まずくなる前に顔を上げ、笑顔でもう大丈夫だと言わなくては――と、思うばかりで動けない。普段なら、これ以上のことは絶対に喋らない。けれど私には、どうしようもなく不安で、誰かに聞いて欲しいことがあった。

つぐんでいた口をまだ残っている酔い任せに開くと、溢れるように本音が出た。

「それに……私とする……エッチがね、つまんなかったんだって」

電話口で彼は、ついでという風に言っていたけれど、いま考えてみれば別れの本当の理由はそっちだったのかもしれない。

「エッ……」

「……なに?」

「いや。佐野の口からそんな単語が出るとは」

「……藤澤くん。私、そんなに色気ないかな……? 芽衣は真面目すぎてつまらない。エッチもつまらない。そもそも色気がないしな……って」

心なしかあの人の口ぶりには、誰かと比べているような気配もあった。

「確かに経験なんてほとんどないし……それにエッチしてても、あんまり気持ちよくないっていうか……」

「いきなりなにを言い出してんだ、酔っ払い。……いいから寝てなさい」

藤澤くんは目を泳がせていて、狼狽しているのが伝わってくる。はぐらかされたことに少しムキになりながら、私は畳みかけた。

「私の体、どこか変なのかな？　藤澤くんのいままでの彼女は……どうだった？」

「おいおい、芽衣ちゃん」

不穏な空気を感じたのだろう。藤澤くんは茶化した口調で私の言葉を遮ろうとした。困らせている自覚はあったけれど、心の奥に閉じこめていた感情を打ち明けたせいか、ふと芽生えた願いを飲みこめない。

「藤澤くん。迷惑じゃなかったら……私に、教えて……」

「……なに？　教えてって……」

「どうやったら、色気が身につくか……いい女になれるか……経験値、上げたい。……教えて、欲しい」

なにかに操られるようにして口走った私を見て、藤澤くんは言葉を失っていた。

理性が警鐘を鳴らすのを無視して、私はベッドから体を起こした。酔いに流されるままカーディガンのボタンに指を伸ばし、ぷち、ぷち、と外《はず》していく。

「佐野……」

これまでの自分だったらありえないことをしている。そう思うほど心臓がバクバクした。それでももう、指を止めることはできない。

「いつも、あの人に気持ちよくなって欲しいって……それぱっかり考えて、でも焦って、うまくいかなかった……」

「……佐野。話ならいくらでも聞くけど、それはまずいよ」

「なんで……?」

「なんでって……あっ、もうそれ以上ボタン外すなって！　こら、ストップ！」

藤澤くんが慌てて掛け布団を引っ張り、私をその中にくるもうとした。けれど、私の気持ちはそんな制止にも応じられないほど切羽詰まっていた。

誰でもいいから教えて欲しい。どうすれば、あの人が好きだと思う女でいられたのかを。どうすれば愛される女になれるのかを。なにより自分を否定された虚しさを、一刻も早く消し去りたかった。

上着のボタンを外し、カーディガンからもブラウスからも腕を抜いた。淡い桜色のキャミソールも頭から脱ぎ去ると、ブラジャーに包まれた控え目な胸が外気に晒《さら》された。

「佐野、駄目だって……！」

「……どうして……？　やっぱり、色気がないから……？」

「いや、そういうことじゃ……俺も酔ってるし、危ないって意味で……」

藤澤くんはあさっての方向に目をやりながら、必死に私を止めようとしていた。それがいまの私には、堪らなく悲しい。

「あの人は、私が不感症なんじゃないかって言ってた。どんなに触っても、あんまり濡れないしって……」

いままで誰にも相談できず、胸にしまいこんでいた。本当はすごく悩んだけれど、きっと、経験の浅いこの体がいけないのだと思った。うまく応えられない私が悪い。

「そんなんじゃ……そそられないって……全然、い……いか、ないしって」

震える声で告げると、藤澤くんは少しだけこちらを見て怪訝《けげん》そうな表情をした。

テレビの音声が静かになって、あたりに沈黙が流れる。

「だから、変わりたい。真面目でつまんない女なんて、もう言われたくない……。お願い……教えて」

縋《すが》るような声は、暗い部屋に吸いこまれて消えた。いったいなにを教えて欲しいのかなんて、本当はよくわかっていない。けれど振られてしまった以上、いまのままの自分では駄目なのだ。

「……佐野」

呼ばれて、ベッド脇に座る藤澤くんを見る。

「なにを……教えて欲しいの？」

その声には少しの軽蔑も感じられなくて、私は密かに安堵しながら思いを口にした。

「……エッチも上手で……色気のある女の人になりたい。いままでとは違う自分になりたい。彼を……見返せるくらいの……」

「見返したいんだ」

「……うん」

「自分がなに言ってるか、わかってる？」

どこか試すような口調で尋ねられる。

さっきまで漠然としていた願いは、いつの間にかはっきりとした形を作り始めていた。

地味で目立たなくて、女としての魅力に欠けている、そんなコンプレックスをなくしたい。真面目じゃなくて、色気があって、エッチだってつまらなくない、そんな自分になれれば、元彼は私を見直してくれるのではないか。少なくとも、こんな情けない自己嫌悪は薄れる気がした。

「これ以上頷かれたら……俺、誘惑に乗るよ」

テレビの灯りが、藤澤くんのシルエットをくっきりと浮き上がらせていた。

他の人だったら怖くてこんなことは言い出せない。けれど藤澤くんなら大丈夫だと、なぜか確信できる。

もう一度ゆっくりと頷いた私を見て、彼は重い口を開いた。

「だけど……なんで俺？　それに自分から男を誘惑するなんて、佐野には向いてない気がするけど」

「藤澤くんは優しいし……さっき、人には執着しないって言ってたから……」

「え……」

普段の藤澤くんを知る限り、どう考えても危険とは思えない。それに、執着しないと言い放った彼ならば、こんな頼みも割り切って受け止めてくれるのではないか。ぽつりぽつりと理由を吐露すると、くすっと場違いな笑い声が耳に届いた。

「……なんだ、そういうことか。頼りにされてるんだって勘違いするところだった」

「え？」

「俺は手近で経験積めて、深入りされる心配もない。そのうえ後腐れもなさそうで好都合ってこと？」

「えっ……!?　そ、そんな意味じゃ――」

突然、冷ややかに言われて困惑した。違うと反論したいのに心臓はどきんと跳ねて、まるで図星だと自白しているみたいだ。

こちらからは逆光になっていて、彼の表情は読み取れない。もしかしたらなにか、気に障ることを言ってしまったのだろうか。さっきまで藤澤くんから感じていた、優しさや同情が一瞬にして消えた。

「佐野、意外とずるいね。それにもう十分いやらしいよ。同僚にこんなこと頼むくらいなんだから」

「っ……」

「俺は優しいからひどいことはされない。執着心なくて面倒なことにもならないだろうって思った？」

「そ、そんなこと……」

二の句を継げない。そんなことは思っていないと、完全には言い切れない気がした。

「佐野はずいぶんと俺のこと、舐めてるみたいだね」

黙りこくっていると、ふいに藤澤くんの手が伸びてきて私の手のひらに触れた。ぱっと離そうとしたけれど、それより前に手首を掴まれた。

不穏な胸騒ぎがする。

「さっき店で、会社の人は避けてるって話したのは覚えてる？」

「……お、覚え、てる」

「俺ね、Sなんだ」

彼のシルエットがゆらりと動いた。

藤澤くんはベッドのスプリングをぎしっと軋《きし》ませて、私のすぐそばに膝をついた。迫り来る影に思考が乱され、鼓動が速くなる。藤澤くんの言うSというのがどんなものなのか想像もできずにいると、彼は口の端を持ち上げ私を見た。

「俺さ、女が恥ずかしがるのを見るのが好きだし、拘束したりいたぶったりするのも好き。要するに、いじめるのが好きなんだ」

意味もわからないまま顔だけが熱くなる。いま、とんでもないことを告げられつつあることだけはよくわかった。会社で先輩のからかいの餌食になる藤澤くんと、女の子をいじめるのが好きだという彼とが、頭の中でまったく一致しない。

「でも、付き合う子にはだいたい引かれる。優しい人だと思ったのにって。それで後腐《あとくさ》れのありそうな同僚は避けてたんだけど……佐野、何回も俺のスイッチに触ってくるからさ」

「ス、スイッチ……?」

「そう。Sのスイッチみたいなもの」

「エ、スの……?」

「意外と冷めてる、優しい、なんて言われるのが俺にとってのトラウマなんだよ。それに俺なら安全だと思ったんだろうけど、大間違い。さっきから佐野のこといじめたくてしょうがない」

この人はいったい、誰？　思わずそう感じるほど、目の前の藤澤くんはいつもの彼とは別人だった。口調が違う。笑い方も、近寄られてようやくはっきりしたその表情も。

「ごめんね。そこまで舐められてると、俺は安全でも優しくもないって思い知らせたくなるし……我慢もそろそろ限界」

謝罪とは裏腹に不敵な笑みを浮かべて、藤澤くんは剝き出しになっていた私の肩をなぞった。指先から伝わる妖しい感触に、ぞわりと肌が粟立つ。無意識のうち、私は自らの体を両手で抱きかかえていた。

「もしかして怖い？　まあ……佐野は〝真面目〟だし、怖気《おじけ》づいてもしょうがないか」

嘲笑うような声で挑発されて、唇をきゅっと噛んだ。心臓が緊張に締めつけられて痛い。見えないはずの境界線が目の前に現れる。平凡で真っ平らな道と、その道を踏み外した向こう側。危うい予感にめまいがした。なのに、私はいつもとは違うこと――普段の私なら絶対に選ばない道に、自ら足を入れようとしていた。

「……怖くなんか、ない」

目をそらしたまま、ぎこちなく首を横に振った。

藤澤くんは私の気持ちを見透かすように笑うと、前触れもなく布団を捲《めく》り、ブラジャーに包まれた胸に手をのせた。

いきなりのことに息を飲む。

「やっぱりやめる？」

挑発には乗るまいと、私は再び首を振った。けれどそれは見破られている通り、ほとんどただの虚勢だった。その証拠に、真っ直ぐ目を合わせることもできない。

「強がるなぁ」

ひと言呟いた藤澤くんは床に降り、本棚の脇にある棚をあさった。なにをしているのかと片時も目を離せない。シーツを握り締めながらうかがっていると、彼は黒いビニールテープを手にしてベッドに戻った。ぎしっ、ぎしっ、と音を立てながら近寄られて、得体のしれない不安が増す。

「な、なに……？　それ……」

「これで拘束する。なんか佐野、逃げそうだから」

言うが早いか、藤澤くんの腕は私を強引にうつ伏せにした。

「あっ……！」

「逃げないって言われても同じことするから、ただの口実だけどね」

両手首を摑まれて、そのまま背中で束ねられた。後ろから押さえつけられたせいで、藤澤くんの様子を知ることはできない。

「嫌っ……！　なにっ……!?」

足をばたつかせて逃れようとすると、腕の関節が痛んだ。

ビッ、とテープを剝がす音のあと、それを腕に巻きつけられた。右の手首と左の腕に絡みついたテープが、ぐるりぐるりと少しずつ位置を変え、左の手首へと向かっていく。

「やっ！　やめ……！」

指先に反対側の肘が触れた。起き上がろうにも背中に体重をかけられていて、もがくことしかできなかった。続けざまに今度は左の手首から右の手首に向けてテープを巻かれ、あっという間に上半身の自由を奪われた。

心臓はパニックを起こしてバクバクと暴れ回っている。布団に顔を埋めたままませわしなく息を吐いていると、藤澤くんは私の体を起こした。

「怖くないってさっき言ってたのは嘘？　佐野はずるい上に嘘つきなのか」

聞いたこともない声音が耳を打った。伏し目がちでいると、顔を覗きこまれた。

「返事しろ」

耳の奥、頭まで響いてくるような低い声。突然の命令口調に、私は思わず返事をした。

「う、嘘じゃ、なかった……けどっ……」

「腕、痛くないよな」

「痛くはない……、けど……！　こ、こんなの……っ」

「こんなの？」

「お……おかしいよ……！」

私をつまらないと言って振った元彼以外の男性を、私はほとんど知らない。だから、いま自分の身に起きていることをなおさら受け入れられずにいた。

どう考えても、これは異常なことだ。

「ほんとに経験少ないんだな。でも……自分で脱いで誘った以上、人にとやかく文句は言えないんじゃない？」

藤澤くんの視線を辿って、自分がすでに素肌をさらしているのを思い出した。上半身には、ブラジャーしか着けていない。猛烈な戸惑いに襲われていると、彼の指先が直接、丘の薄い皮膚に触れた。

「あっ……！」

確かに私は合意した。けれど、その意味まで正しく理解していなかったと後悔したところで、もう遅い。想像していたこととはあまりにかけ離れていて、私は思わず、救いを求めるような目を彼に向けた。

「なに？　いまさら恥ずかしくなった？」

「……っ」

かあっと頬が紅潮する。自分がしでかしたことの重大さに気が遠くなりそうだ。深く俯いていると、彼はおもむろに私の後ろ髪を掴み、顔を上げさせた。

「佐野。俺はいま質問したんだよ。自分の感情、思ったこと、なんでもいいからちゃんと答えろ」

また、命令。

私は再び、知らない人を目の前にしているような気持ちになった。ペースは完全に、藤澤くんに握られている。理性がほとんど役に立たない中、私は操られたみたいに彼の言葉に従った。

「は、恥ずかしい……！　こんなことしてるなんて……っ」

正直に答えると、突然体を抱き締められた。頭には、ふわりと手のひらが降ってきた。ふいにもたらされた柔らかな感触に心を揺さぶられたのも束の間、背中に回った指先がぷちんとブラジャーのホックを外した。

「あっ」

首筋に唇が密着した。同時に、守る物を失ったふくらみに手がかぶさって、乳首にぴりとした痺《しび》れが走った。

「や……や、めっ……！」

胸元で露わになったふたつの頂きを、藤澤くんに転がされているのが見えた。壊れ物を扱うようなゆっくりとした動きが、くすぐったさに似た快感を送りこんでくる。

「ぁ……っ」

「……喘ぎ声、出たな」

刺激に負け、力が抜けたような声を上げると、彼は私の耳元でくすりと笑った。

反抗して口をつぐみ、逃げるように身を屈めた。瞼まで閉ざしたけれど、それはなんの意味もなさなかった。

顎を摑まれ、上を向かされた。おそるおそる目を開くと、射抜くような鋭い視線とぶつかる。

「まだわからない？　無駄だって」

「ぁ……、やっ……！」

指先に捕えられた乳首は、柔らかさを確かめるようにつつかれた。触れるか触れないかというところで手のひらの皮膚と擦り合わされると、勝手に息が上がり吐息が漏れた。

「ふ……っ」

耳に届く自らの声に、私は困惑していた。ひどい混乱と恥辱に誑《たぶら》かされでもしたのか、驚くほど体が敏感になっていた。

首をかぷりと噛まれ、肌に舌先を這わされた。ちょっとでも距離を開けようとしてのけぞると、舌は首筋を登り耳朶《じだ》を舐めた。そのうえ口に含まれて、頭いっぱいに、ぐちゅりと濡れた音が響き渡った。

「っ、だ、め……！」

「駄目って、なにが？」

いままで経験したことのある愛撫と、なにかが決定的に違う。けれどなにが違うかわからない。

「こっ……声、出るの……恥ずかし……っ」

「そんなことが？　可愛いな」

あとずさりできないほど追い詰められているように思えて、しきりに首を振った。唇を噛みうろたえている私を見て、藤澤くんは微笑みを浮かべた。

「……可愛いすぎて、もっといやらしく喘がせたくなる」

自分が知る彼と同じ人物だとは思えないほど、その囁き声は秘めごとの匂いを孕《はら》んでいた。

暗がりの中、藤澤くんの唇が乳房の蕾《つぼみ》をついばむ。

「……っ！」

強まった刺激に体をよじると、叱るような声が届いた。

「動くな」

まるでそこを溶かし、味わうみたいにゆっくりと舐められて、鼓動がとめどなく加速した。もう片方の先端まで濡らされると、ついさっき藤澤くんに感じた違和感の正体がぽんやり見えた気がした。

「佐野……乳首たってる」

「え……？」

言われたことを理解するまでに間が空いた。目線に促されて胸を見れば、唾液にまみれた花蕾《からい》がぷくりと赤く腫れていた。蜜を滲ませ熟れたことを見せつけているようで、みだりがましい。

「いっ、いやっ……！」

ざぶんと羞恥の波が襲い来る。乳房を隠そうともがいても、自由を奪われた上半身ではどうすることもできない。あっさり藤澤くんの腕に押さえられ、私はただ瞼をきつく閉じることしかさせてはもらえなかった。

「佐野。そんなに嫌？」

「う、うん……！　恥ずか、しい……っ」

「でも、恥ずかしいだけとは思えないんだけど」

「そんなこと……！」

「喘ぎ声が出るのはなんで？」

質問を重ねられる。違和感の正体がよりはっきり見えて、ぞくりと全身がわなないた。

それは、ひと言で言えばねっとり絡みつくような執拗さ。私に快感を与えるためならいくらでも責めることができるという、意志みたいなもの。藤澤くんの性癖のせいか、それとも私の経験が乏しいせいか、彼のひと言ひと言に少しも言い返すことができない。逃げ道を奪われ、どうやっても否定できないところまで追い詰められて、あたかも激しく求められているような錯覚を覚えてしまう。

無意識のうちに止めていた息を吐き出す。

間違いなくひどいことをされている。なのに体の奥には、火種のような微熱が溜まりつつあった。

私は顔を背けると、そんな自分を拒むように無言を貫いた。

「言うことが聞けないやつだな」

呆れたように呟いた藤澤くんは、私の体をひっくり返しうつ伏せにした。彼の腿に腹がのり、腰が浮く。

「ちゃんと答えろって言ったの、もう忘れた？」

「え……っ!?」

言うが早いか、彼の手はスカートを捲りショーツをずり下げた。そして剝き出しにした私のお尻の曲線を、ゆるりと撫でた。

「あれは頼んだんじゃなくて、命令」

聞き返す間もなかった。手が離れたかと思った瞬間、バシン！　と乾いた音を立て強くお尻を叩かれた。

「いっ……!!」

「これは言うことを聞かなかった、罰」

泣き叫ぶほどの激痛ではなかったけれど、突然の出来事にまったく頭がついていかない。叩いた場所を撫でていた手が、再び衝撃を走らせる。

「ン!!」

「痛い?」

肌を打つ音が暗い室内に鳴り響いた。短い間隔で、何度も、何度も。全身を駆ける痺れるような痛みより、幼子のように叱られている屈辱と動揺の方がはるかに大きい。

「い、っ……痛い……!」

降参して頷く。絶えず荒い息が漏れている。

ようやく止めてもらえたことにほっとしかけていると、手はそのまま柔丘を揉みしだいた。

「じゃあ、これは?」

藤澤くんが返答を待っているのがわかった。

お尻も頭さえも、なんだか痺れてしまっていた。炙られたみたいにひりついていて、痛いというより、熱い。密着した手になぞられればなおさらだ。とはいえ、そんなことを口にするのも躊躇われる。

「い……痛くは、ない……」

押し黙ればまた罰が与えられるかもしれない。絞り出すように答えると、頭上からくすりと笑い声が聞こえた。

「じゃあ――」

藤澤くんの手が体の下に潜りこんだ。彼の腿にのり軽く半身が浮いているせいで、たやすく乳房に触れられる。尖りを摘まれると、体の芯がくにゃりととろけるのを感じた。

「あ、ぅ……っ」

「――佐野。これは？」

「え……」

「これは？」

必死に抑えなければ喘ぎ声が漏れてしまうほど、それははっきりとした快感だった。

藤澤くんの意図を察して息を飲む。確信めいた予感がする。答えなければきっとまた、叩かれてしまう。

「痛く……ない」

「それだけ？」

くすくすとからかうように笑われた。拙い葛藤が隅々まで見透かされているみたいで、耳が痛い。乳首に触れられるたび腰が跳ねそうになるのを耐えていると、再び衝撃が走った。

「いッ……！」

「質問の意味、ちゃんとわかってるくせに。正直に答えないと何回でも繰り返すよ」

「……言う……！　言う、から」

叱るように打ちつけられていた手が止まる。

叩かれ続けた場所がひどく熱い。酸欠になったみたいに頭がくらくらして、全身は火照っている。私は何度も唇を開けては閉じ、消え入りそうな小声で答えた。

「き……きもち、いい……」

それは嘘も誇張もない本心だった。いままで経験したことがないほど、下腹がじくじくと疼いていた。

はしたないことを口にしたと恥じ入る私を、彼が抱き起こす。

「感じてるんだ？」

侮蔑も嘲りも感じさせない声で問われて、言われるまま答えを探した。秘めごとを打ち明けるときみたいに、自分の頬が紅潮しているのがわかった。

「……か……感じて、る……」

ぽそりと告白すると、普段聞くよりもずっと優しい声がした。

「よく言えたね。ご褒美、あげなきゃな」

「……ご褒美……？」

背後から腕を回されると、思いがけずもたらされた甘い抱擁にきゅうっと心臓が締めつけられた。

感じていると認めたせいだろうか。藤澤くんの胸に身を委ねているうち、私はなぜだか安堵に似た感情を抱いていた。テープで拘束されたままなのに体はやけに正直になっていて、思考はすっかり淫らな色に染まりつつある。スカートに潜った手が腿を這い上がっていくのも、本気で止めようとは思えない。肌が露出していくのが、ただ恥ずかしいだけだ。

「や……」

「……閉じるなよ」

反射的に閉じようとした足の動きは、左膝の裏を摑まれ呆気なく制された。そのまま膝を強く後ろに引かれて、大きく足を開かされた。片膝を立てた格好のせいでスカートは捲れ上がり、下着が見えそうになっている。

「……ッ、は……恥ずかしい、よぉ……！」

呼吸が荒くなる。眼下で乱れている下半身がまるで他人のものみたいだ。

浮いた爪先でもがくように宙を掻いていると、摑まれた膝の裏に、藤澤くんの指がぐっと深く食いこんだ。

「……ものすごく興奮する。酔ってるし、理性、全然働かない」

彼のもう片方の手は右足に残っていた布地を波打たせ、どんどんつけ根へと近づいていた。侵攻に抗って膝を閉じようとすると、彼は私の耳朶を嚙み、そっと囁いた。

「閉じるなって言っただろ？　右の膝も立てて、足開け」

熱のこもった吐息に、冷静さが吹き消されてしまう。藤澤くんの興奮にあてられたかのように、私はかすかに震える足をゆるゆると開いた。

「……いい子だ」

柔らかく頭を撫でられ、首筋に、唇の温かい感触がした。

ああ、これは飴と鞭だ。

涙が出るほど恥ずかしい。それなのに拒否するという選択肢を選べない。従ったあとに与えられる藤澤くんの熱っぽくて優しい声音が、私の胸を勝手に高鳴らせていた。

触れやすくなったのをいいことに、彼の手はすぐ秘部にまで迫った。ずり下げられ、なかば脱げかけていたショーツの隙間に忍びこむと、指先が花弁のふちに触れた。

「それにしても佐野……お前さ、いじめ甲斐があるよ」

「どう、いう……」

「自分が濡れてるって気づいてる？」

「え……？」

「少し触っただけでわかるくらい濡れてる。ちゃんと確かめようか」

指先がより奥へと伸びてきて咄嗟に身構えた。谷間に浅く埋められたとき、くちゅっと小さな水音がした。

「ほら、これ、聞こえる？」

「んッ……！」

「返事は？」

「き、聞こえ、る」

「興奮して気持ち良くなって、こんなに濡らしたんだ」

数秒躊躇ったあとにぎこちなく頷くと、きちんと認めたことを褒めているのか、また頭を撫でられた。その手の温かみが、じわりと胸に染み渡った。

これまで、相手に悪いからと感じているふりをしたことはある。けれどいま、私は少しの嘘も言ってはいなかった。触れられたところから生まれた熱が、全身を包みこんでいく。そこかしこが切なくてもどかしくて、じんじんする。

「……あッ」

指先が、ぬかるんだ溝を繰り返し往復した。偶然なのかわざとなのか、たまに花芯をかすめられるたび腰が跳ねた。絡め取った蜜を塗るみたいにしこりを弄られて、呂律の回らない間抜けな声が出た。

「ふあっ……！　や、あ……ッ」

ふと、背中に藤澤くんの服が触れた。いまさらながら自分だけ着衣を肌蹴《はだけ》させていることに羞恥心を煽られる。

どんどん追いやられている。そのことを誤魔化すように、自由を奪われた上半身をよじり何度もかぶりを振った。そのくせ私は藤澤くんの言いつけを守って、必死で足を閉じないようにしていた。

「偉いよ、佐野。ちゃんと俺の言うこと聞いて。真面目とかじゃなくて……従順で、一途で、ものすごく可愛い」

首に、鎖骨に、肩に、キスを落とされる。まるで愛でるような仕草をしながら、藤澤くんは意地の悪い質問を投げかけた。

「佐野。ここの奥に指、欲しい?」

濡れそぼった綻びをねっとりとなぞられる。首を振った私自身を裏切って、そこはひとりでにきゅうっと疼いた。

「ひくついた。ほんとにいじめ甲斐があるなー……」

「い、入れない、で……っ!」

「どうして?」

「だっ、だって……!」

貪欲な体の反応も、入れて欲しいと思ってしまった心も、知られたくない。

入り口にそっと指をあてがわれる。そそのかすように愛液を混ぜられて、おのずと息が上がった。

「そんなに嫌？」

「う、ん……っ」

本当は嫌なんかじゃない。けれどこれ以上は、どうなるかわからない。身に余るほどの羞恥に苛まれて、もう目も開けていられないほどなのに。

幾度も制止を求めた私の耳元で、藤澤くんはくすりと笑った。

「――駄目」

「あぁぁっ……!!　ンッッ……！」

ずるりっ、と聞こえないはずの音を立てながら、秘唇を割り開いた指は体内深くへと潜った。

「奥まで入っちゃったね、佐野」

信じられないほどに気持ちがいい。伸びをする猫のように背筋が反って、思わず自らの肘に爪を立てた。小刻みに動かされるたび、手のひらのつけ根に敏感な尖りを刺激され、堪らず嬌声を上げてしまう。

「ッ……！　あっ……！」

壁に映るふたりの影が、ひとつに重なりながら揺れていた。理性はとろりと溶けて滴り落ち、抗いの言葉さえ発することができない。

藤澤くんはといえばどこか楽しげに、その手を一層速く動かし続けていた。

もう片方の手が胸に伸ばされる。指の間で先端を挟まれると、痛いほどの痺れが全身を貫いた。

「お、おかしく……なっちゃう、よ……ッ！　や……ッ、そんな……！」

「俺、ちゃんと言ったよな。恥ずかしがるのを見るのが好き。いたぶりたいって。佐野がおかしくなるなら、俺の望み通り」

「ン、ぁ……ッ‼」

「ん、きゅうきゅう締めつけてくる。そんなにねだって、もっと欲しいってこと？」

「やっ、違……っ、や、だ……ぁ！」

指を増やして、ぐちゅぐちゅと隘路《あいろ》を掻き回す。すぐ上にある莢《さや》も擦られて、乳首まで摘ままれる。片時も手を止めてもらえないせいで、息継ぎをして休むことも、冷静さを取り戻す隙もない。

性感が急階段を駆け上がっていくのが、はっきりとわかった。同時に、限界がもうすぐそこまで近づいていることも。

「あ、ア！　……ッ、だ、だめっ」

「なにが？」

「……っ、……か、……かんじ、ちゃう……！」

「……感じてるんだ」

「う、ん……ッ」

学習した通り、勇気を出して嘘偽りない本音を口にした。けれど藤澤くんは、鋭く間違いを指摘した。

「でも、少し違うだろ」

「っ……ぁ、ち、ちが……う？」

「イキそう、の間違いだと思うけど」

どくんと心臓がうなり声を上げげた。

「やけにひくひくしてるからイキそうなのかと思ったけど、違った？」

突きつけるように教えられる。彼の手は、確かな証拠を握っている。

「思ってることはきちんと言うんじゃなかったっけ」

「ぅ、あ……っ」

躊躇なく奥を突く指の動きに、喘ぎ声を止めることができない。もうとっくに後戻りできないところにまで来てしまったのだと、私はこのときようやく理解した。

「……い……」

「ん？」

「……いっちゃ……い、そう……っ」

「もう一回、ちゃんと言え」

「っ、……い、……いっちゃい、そう……！」

誘導されるまま答えると、藤澤くんは唇を耳朶に触れるほど近づけて囁いた。

「……佐野。お前、もしかしてマゾだったりして」

「なっ……ちが……！」

「まあ、どっちでもいいよ。俺がそう調教するから」

「ちょ……ちょう、きょう……？」

思考回路は完全に錯綜しているらしい。馴染みのない単語が頭の中でやっと意味をなしたとき、その妖しげな響きに背筋が震えた。

ひと言告げた藤澤くんはおもむろに体をずらし、ベッド脇に転がっていた私の鞄をあさった。

「ああ、あった」

「……え……？」

彼は私の携帯電話を取り出していた。

体内に留まり続ける指のせいで朦朧としているところに、ピピッという軽快な電子音が届く。

「な、に……してるの？」

「録音するんだよ。佐野の、いやらしい声を」

台詞を理解するより早く、藤澤くんの指が再び膣内を弄びはじめた。

「じゃあ続けようか。イッていいよ、佐野」

「え、あ……！　だ、め……ッ！　やだッ、やっ！　止めて……!!」

録音中を示す携帯の画面が、暗がりに明々と光を放っていた。ビニールテープに自由を奪われた腕ではなすすべもなく、せめて、と膝を閉じ藤澤くんの腕を挟む。けれどそんなささやかな抵抗などお構いなしに、内壁を掻き混ぜる指は速度と激しさを増していった。

束の間、現実に引き戻されていた体は、すぐに興奮を取り戻した。与えられ続ける快感のせいで、いまにも暴発してしまいそうだ。

「佐野、命令。イクってちゃんと言えよ」

「あぅ……っ！　んっ、や、だ……っ！」

「それとも無理矢理イかされたい？　その場合はまた……なにか別の罰を用意するけど」

目前に分岐点が迫る。絶頂はもう避けられそうもない。なんとか、録音だけでも止めて欲しい。

「おねが……ッ、携帯、とめ……！　っん、あ……っ、ア……!!」

「質問の答えになってない。部屋明るくして、動画にしようか」

「ン、ぅあ、あッ！　それ、は……っ!!」

「だったら、イクって言えるよな」

ぐじゅぐじゅと、熟れた果実をつぶすような音が聞こえてくる。繰り返し吹きこまれたひと言が脳内をぐるぐる巡る。親指の腹でふくれたしこりを転がされたとき、とうとう理性が屈した。

「や……ッ、い……ちゃ、う……っ‼」

言葉にすると、羞恥も我慢も、まるごとどこかへ押し流される感覚がした。

声が大きくなる。膝を擦り合わせて激流に耐えようとしたけれど、溢れ出る嬌声を抑えることができない。

隘路で蠢き、花芽をいたぶる執拗な指の動きを見て思った。イッてしまうのではなく、私はいま、イかされているのだと。

腿が震え全身がこわばった。最奥まで突かれた瞬間、体内で暴れ回っていた熱の塊が一気に弾け飛んだ。

「ふ、あっ……‼　あッ――‼」

「………佐野の昔の男、相当もったいないことしたなぁ」

私の荒い呼吸の向こうで、藤澤くんが誰にともなく呟いた。

しばらくして、ゆっくりと指を抜かれた。抜け殻みたいになった体を藤澤くんの胸に預けていると、彼はなにも言わず私の頭を撫でた。

部屋には、嵐が去ったあとのような妙な静けさが漂っている。ちらりと机の方を見れば、携帯はいまだ録音中になったままだ。思わず目をそらした私をよそに、藤澤くんは手を伸ばし、携帯を操作しはじめた。

なにをしているのかと見ていると、携帯から私の喘ぎ声が再生された。

「やだっ、止めて！　消してっ……！」

「絶対に消すなよ。命令だ」

音声を停止させた藤澤くんは、思わせぶりににこりと笑った。笑顔と台詞とのギャップに言葉を詰まらせる。それでも従わなければ、またなにかが私自身に跳ね返ってくるに違いない。

「それにしても、意外なほど楽しめた。佐野のいやらしい誘惑のお陰で」

「……お願い……そんなこと言わないで……」

「自分から誘って、自分だけ感じて、そのうえイッて、いまさらなに言ってんだか」

言われてみれば、藤澤くんは直接的な快感を得ていない。服さえそのままだ。けれど、きっとそれはわざとだと思った。すべては自分ひとり達してしまった羞恥を、私に与えるためではないだろうか。

ぺりりっと音を立てて、腕に巻きつけられていたビニールテープが剝がされる。藤澤くんは自由になった私の手に、携帯電話を持たせて言った。

「佐野。俺にメールして」

「メール……？」

促されるまま藤澤くんのアドレスを入力する。次の本文にはなにを入力するのかと視線を送ると、彼は「よく思い出して」と言った。

「足、閉じるなって命令したのは覚えてる？」

薄靄がかかったような記憶を辿れば、確かに命令された。そして最後の最後でそれに背いてしまったことにも思い至って、私は内心密かに慌てふためいた。

藤澤くんが、私の髪をさらさらと梳く。

「イクとき、足閉じたよな」

「……あれ、は」

「あれは？」

「……あれは……つい……その……」

しどろもどろになりながら言い繕《つくろ》う。

今夜、嫌というほど思い知らされた藤澤くんの性癖。そこかしこに罠が張り巡らされているのかもしれないと警戒したところで、すでに手遅れのようだった。

「命令を守れなかったお仕置きとして、私は来週、縛られます」

「えっ……!?　なっ、なにそれ……？」

「いまの言葉、そこに打ちこんで」

「いっ……」

「嫌なんて言える立場だっけ、佐野は」

行為の最中に耳にしたのと同じ、低い声音。

本気で嫌ならば、命令など知らないと拒めばいい。軽蔑されても構わないから、お遊びはここまでだとつっぱねて帰ってしまえばいい。頭の片隅ではそう思っているはずなのに、私は指をもつれさせながら、言われた通りの一文を入力した。

「送信」

微熱を宿したままの体が、さながら操り人形のようだった。私は耳朶に触れる囁き声から逃げるように、そのメールを彼へと送信した。

「今日はこれで、おしまい。また連絡するから」

気がつけば、私の立場はずいぶんと危ういものになってしまった。私から誘い、私だけ達し、携帯には記録が残った。言質をとられてもうあとには引けないという思いに囚われながら私は、自分を「Ｓだ」と言った藤澤くんの言葉を思い返していた。

# 3

それからの一週間を、私はひどく不安定な気持ちですごすことになった。ふとあの夜を思い出せば羞恥が湧き、そわそわと落ち着きを失ってしまう。別れた彼のことを考えればいまだに切なくなって、酔っ払った自分の暴走を後悔した。

携帯に収められた録音データは、寝つけなかった夜更けに一度だけ再生した。ベッドの中でこっそり聞いたその音声は、いまも耳にこびりついて離れずにいる。私の声は明らかに快楽に溺れたもので、嬌声の合間に聞こえる藤澤くんの声は、あのとき襲いかかってきた様々な感覚を鮮明に甦らせた。

それきりデータは再生も消去もできず、携帯のフォルダにしまいこんである。冷静さを失わせる原因そのものを持ち歩いているせいもあって、会社にいても仕事は必要最低限しか手につかないありさまだ。

せめてもの救いといえば、いまが手すきになる時期で、フロアの違う藤澤くんとはほとんど顔を合わせる機会がないことくらいだ。もし顔を見てしまえば、とても平常心を保ってはいられなかっただろう。

そんな状態のまま、ようやく金曜日を迎えた。昼食から戻り、自席で菜月ちゃんと話をしているところに、相模さんが書類を手に姿を現した。

「佐野さん。これ、修正版の見積書。承認印は押しといたから、あとの処理よろしく」

「ああ、このあいだの。ありがとうございます」

「それと、こっちは藤澤から預かったやつ」

「え?」

その名前を耳にした途端、動揺しそうになって慌てた。努めてなんでもない顔を作りつつ、書類に目を落とす。

「今度下請けから来る新規メンバーの発注書だってさ。まだ時間あるのに、ついでに持って行ってくださいって使いっ走りさせられちゃったよ。なに急いでるんだろうなぁ」

言われた通りそれは、月の半ばまでに申請されればいいもので、相模さんが不思議がるのにも頷けた。

この一週間、藤澤くんからはなんの音沙汰もなかった。これまでならさして気にしなかったけれど、あのことがあってからはそうもいかない。あの日彼は、また連絡すると言っていた。だからいずれなにか話があるのだろうと身構えていたけれど、仕事が忙しいのかもしれない。

なんともいえない気持ちを持て余していると、隣で話を聞いていた菜月ちゃんが、頬杖を外して意外そうな顔をした。

「へぇ、珍しいですね。藤澤くんが人に頼みごとするなんて」

「だろ？　あいつ、このところちょっと変なんだよ」

「変って、どんな風に？」

「やけに仕事詰めこんでる。残業とか休日出勤とか避けたそうな感じかな。まあ、もともとよくやってくれてるからいいんだけどさ。ちょっかい出す暇がなくてつまらん」

相模さんが不服そうにぼやくと、菜月ちゃんはくすくすと笑い声を立てた。

「藤澤くんって、からかいやすいですもんね」

「いろいろ言いやすいんだよな。不機嫌になることなんてまずないし、乗ってくれるし」

「あはは。藤澤くん、つい最近も人事のお姉様方に捕まってましたよ。なんで彼女作らないの？　って、かなりしつこく」

「気の毒に……。羽柴さん、いい子がいたら紹介してやって。俺はいつか、あいつがコワいお姉ちゃんたちの餌食にされちゃうんじゃないかって心配でさ」

これまでだったら、私もその台詞には同意していたと思う。けれどいまとなっては肯定できない。それは逆じゃないだろうかと、胸の内だけで呟く。

「紹介って言ったって、藤澤くん、どんな子が好みなんです？」

「詳しく聞いたことはないけど、佐野さんみたいな優しい子が合いそうじゃない？」

「え？」

突然自分に矛先が向いて面食らっていると、菜月ちゃんは私の顔をじっくり眺めた。

「そうですね。芽衣みたいなほわんとした子と相性いいかもしれない」

「それにあいつ、人の気持ちに敏感というか……気遣いが多いだろ？」

「ああ、言われてみれば。いつも笑ってるからわかりにくいけど、意外と周りを見てますよね」

菜月ちゃんのひと言に、相模さんも腕組みして頷いた。確かに藤澤くんは、相手の気持ちをよく汲む人だ。

「誰の仕事量がキャパオーバーしてる、とか、誰々が元気ないとか、すぐに気づくし。だからそばにいるなら優しい子がいいと思うんだけど」

当人がいないところで褒められている彼を、いままでの私なら素直にすごいと思っただろう。

「よく悩みごとの相談されてますよね。って、私もしたことあるけど」

「そうなんだよ。なのにあいつ、どうしてだか彼女とは長続きしないんだよなあ」

どうして彼女とは長続きしないか。その理由のひとつを、私は身を持って知ってしまった。

——俺がそう調教するから。

ふいに、目を覗きこんで言われたひと言が脳裏をよぎった。鳥肌が立ち、下腹がきゅうっと収縮する。顔に出さないよう、ゆっくり息を吐く。

「どうしてって、仕事のせいでしょう。相模さんが藤澤くんを働かせすぎなんですよ」

「えっ、俺のせい？　羽柴さんってさ、たまに毒づくよね」

「相模さん……そのひと言は失礼じゃないですか。そもそも、芽衣だけじゃなくて私だって優しいですよ」

「いやあ。羽柴さんはなんか、優しいってのとは違うんだよねー」

なにやら言い合いをはじめたふたりに相槌を打ちながら、私はなんとか記憶に蓋をしようとしていた。なのに意識をそらそうとすればするほど、塞ぎきれない隙間から断片が溢れ出した。

思えばあの夜、いままで経験したことのないことばかりが起きた。

――イクって言えるよな。

藤澤くんから受けた執拗なまでの責め。その記憶を、私は時も場所も選ばず、幾度となく反芻していた。同僚と話をしているこんなときでさえ、意識を囚われて息苦しくなる。

――イッちゃう。

正直に告げた瞬間の、あの甘やかな戦慄。

不謹慎だと叱責する理性の声など、ほとんど役には立たない。そんな自分を押さえつけるように俯き、スカートの裾を握り締めた。

上の空でふたりのやり取りを聞き流しているうちに昼休みは終わり、彼らはそれぞれ席を離れて行った。

気持ちを切り替え、仕事を始めようとメーラーを確認する。何通か届いていた新着メールを開こうとして、手を止めた。

『今夜、十九時半に駅前で』

発信者名に書かれた〝藤澤匠〟の文字を目にしたとき、情けないほどに心拍数が上がった。仕事の用でもなければ雑談でも、もらったお菓子の話でもない。用件のみを伝える淡々とした文面は、これまでとは明らかに違うものだった。

かすかな戸惑いを覚えながら、私は震えそうになる指先でひと言、

『了解』

とだけ返信した。

# 4

少しも仕事に集中できないまま夕方になり、私は約束の時間より早めに会社を出た。窓から駅前が見えるカフェで時間をつぶし、五分前に改札へ向かう。しばらくして、スーツ姿の藤澤くんが現れた。

「ごめん、相模さんに捕まって遅くなった」

「……大丈夫。そんなに待ってないから……」

「そっか。じゃあ行こっか。付き合って欲しい店があるんだ」

それだけを告げると、彼は背を向けすたすたと歩きはじめた。こちらはなんとなく気まずくて顔さえまともに見られないというのに、肩透かしを食らったような気持ちだ。うかうかしていると人混みに紛れて見失ってしまいそうで、私はその背中を急いで追いかけた。

彼の向かった先は、繁華街から裏路地に入った場所に建つ、雑居ビルの地下だった。

アンティーク調の看板に書かれた店名の頭にはＢａｒとあって、地下へ続く狭い階段が、さながら隠れ家のような雰囲気を醸し出している。

藤澤くんのあとについて通り抜けた、重厚なドアの向こう。照明を抑えた店内は、一見、普通のバーのように見えた。けれど暗がりに目が慣れるにつれ、ここがただのバーではないとわかって、私の足は動かなくなった。

たとえば、真っ白な壁一面に張り巡らされた色とりどりのロープ。ところどころで絡まり、結ばれて、蜘蛛の巣のような不可思議な模様を描いている。カウンター席の向かいには床から天井までを貫く大きな檻、そのさらに奥には小さなステージのような空間。そこだけ強い照明が当たり、背もたれのない白い椅子がオブジェのようにぽつんと置かれている。普通のバーならば酒のボトルが並んでいそうな棚には、首輪や鞭、そしてなにに使われるのかさっぱり見当のつかない革の道具が沢山置かれ、天井からは金属の輪がいくつもぶら下がっていた。

どれも、ただの装飾とは思えない。牢獄。そんなイメージが頭をよぎってぼうっと立ち尽くしていると、耳のすぐそばで声がした。

「佐野」

「えっ⁉」

「口、開いてる」

「あっ……！　いや、あの……ここ、は？」

「とりあえず、座ろっか」

「あ……うん」

こぢんまりとした店内のソファー席には、数人の先客が座っていた。藤澤くんが応対に現れた女性スタッフとやり取りを交わして、私たちは檻の前のカウンター席に通された。

「佐野」

「ハイ……!?」

思わずびくんっと背筋が跳ねた私を見て、彼はくすくす笑う。

「……そんなに緊張しなくても大丈夫だよ」

先週起きた出来事が嘘のように、いまの藤澤くんからは一切、不穏な空気は感じられない。会社で見る、柔和な人物そのものだ。

「佐野はなに飲む？」

「え？　あ、ええと、か、カシスオレンジがあれば、それで……」

「じゃあ、俺は生でいいや」

手のひらは汗でびっしょりで、目の焦点をどこに定めればいいのかもわからない。周囲から聞こえてくる何気ない談笑だけなら普通のバーだと思えるのに、目の前の檻がそれを否定する。

ふと視線を感じて横を見ると、藤澤くんはすっかり当惑している私のことを面白そうに眺めていた。

「すごいね、この店。じつは俺も初めて来たんだ、こういうところ」

「あ、あの、すごいというか、ここは、どういう、お店で……」

喉の奥になにかが詰まっているみたいに声がかすれる。まるで宇宙人に誘拐されたかのような気分だ。あどけなく言われたすごい、という感想には同意しかねていると、彼は運ばれてきたグラスをカチンと軽く私のグラスに当てた。

「SMバーって言ったらいいのかな」

「えッ……」

「お、見事に絶句してるね」

「えっ、え……？」

「S、M、バー」

藤澤くんが、ひと言ひと言ゆっくりと発音する。先日の流れから、そういう類の店ではないかと勘繰ってはいた。それでも実際に告げられてみると予想以上の衝撃だ。

「あの、これは、どういうつもりで、その……」

「佐野をここに連れてきた目的っていう意味？」

私がこくこくと頷くと、藤澤くんはグラスを置きあっさりと告げた。

「いろいろあるけど……一番の目的は、佐野を俺の奴隷にすることかな」

「ど……どれ、い……!?」

聞き慣れない単語が耳に飛びこんできて、私は必死にその意味するところを探ろうとした。

　おそるおそる隣をうかがう。するとそこには、さっきまでの穏やかな雰囲気を覆して、意地悪さを滲ませた藤澤くんの笑顔があった。

「佐野は、いままでの自分から変わりたいんだよね」

「それは……そう、だけど……でも……」

「佐野が元彼を見返すことができたり、よりが戻るまでっていう条件つきの関係でいい。もし後ろめたさがあるなら、キスもセックスもしない。ただ、いやらしくいじめるだけ。佐野のあの頼みを聞きつつ、俺も楽しめる。悪くない条件だと思うけど」

　考えもしなかった提案に言葉を失った。

　経験値を上げたい。いままでと違う自分になりたい。そう願って藤澤くんを頼ったあの夜、私が知ったのは、どれもこれも初めてのことばかりだった。理性を手放し、享楽に溺れていくような感覚。強烈すぎる快感は褪せることなく記憶に留まり続け、いつでもすぐ甦る。

　私は、胸の内に生まれた感情にひどくうろたえていた。このあいだ、藤澤くんは私の頼みを〝誘惑〟と言った。その気持ちがなんとなくわかってしまったのだ。

　顔が熱くなり思わず手を握り締めていると、静かな声がした。

「じゃあ聞くけど……佐野はなんで今日、俺の呼び出しに応じた？」

呼び出されたことにも、それに応じることにも、私は抵抗を感じていなかった。ただただなにかされるのではと緊張していただけだ。

「録音したデータも……消してないだろ？」

消すなと命令されたから。罰を恐れたから。そんな理由が思い浮かぶのに、それらすべてが言い訳じみたものに思えるのはどうしてだろう。

再び問い正される。

「なんで？」

「…………わからない」

「俺には、期待してるように見えるけどね」

藤澤くんはくすりと笑って、腕時計に視線を落とした。

「時間だ」

なんだろうと思っていると、店内のＢＧＭが止まって照明がすぅっと暗くなった。檻の向こうにあるステージと白い椅子だけが、スポットライトに照らされている。

「なにか……始まるの？」

「緊縛のショーだよ」

頭にいくつも疑問符が浮かぶ。聞き返すより先に、ステージには一組の男女が現れた。

背の高いスーツ姿の男性、その後ろに小柄でおとなしそうな女性がいる。淡色のニットにスカートというごくありふれた服装が、この普通とは思えないシチュエーションの中で奇妙な違和感を与えていた。

ステージ脇に控えたスタッフがふたりの紹介をしているけれど、耳に入らない。

「あのふたりは……？」

「男性が主人で、女性が奴隷」

こともなげに教えられた言葉の響きに、わけもなく胸が騒いだ。

ほんの数メートル先にいるふたりから目が離せなくなり、声も出ない。男性が大きな鞄から取り出したのは、何本もの縄の束だった。女性はそれを合図に身に着けていた服を脱ぎ、黒いブラジャーとショーツだけの姿になった。滑らかそうな素肌にスポットライトが反射して、やけに眩しい。

男性が耳元でなにかを囁くと、女性は頷き、白い椅子に腰かけた。男性が慣れた様子で縄の束をバラバラと解き、それを女性の体に絡みつけていった。

胸の上下に何度も縄が巻かれる。男性が力をこめるたび、きしっと軋むような音がする。流れるような手つきで、女性の体はみるみる縄に包まれていった。

無音の店内に気を遣ってか、藤澤くんが小声で囁いた。

「あの女の人の表情を見て、どう思う？」

幾何学模様のような縛りに体の自由を奪われながら、女性はどこかうっとりとした表情を浮かべていた。頬は紅潮し、目はかすかに潤んでいる。肌に縄が食いこむたびに眉をたわめ、そっと息を吐く。

よくよく見れば男性は女性の様子を常に気にしているようで、女性はそんな視線に気づくたび、大丈夫だと言うように微笑んでいた。

表面だけを見れば、女性はひどいことをされている。なのにふたりのあいだには、どちらかが一方的に強要をしているような空気は微塵もない。離れているこちらにまで不思議と柔らかな色香が漂ってくるようで、私は素直に、彼女を綺麗だと感じた。

「……綺麗……だと思う」

縄が体の輪郭を強調する。くびれはより細く絞られ、胸は窮屈そうに押し出される。最後の仕上げにと結び目がきつく締められると、女性はほぅっ、と艶やかな吐息を漏らした。

男性は女性の肩を優しく撫で、私たちにも聞こえる声で彼女に指示を出した。

「いまの気持ちを皆さんにお伝えしなさい」

「は、はい……。あの……ご主人様に喜んで頂けると思うと気持ち良くて……嬉しいです」

鈴を転がすような声がフロアに響いた。

女性が縛られた不自由な体で見上げると、男性はわずかに目を細め、それでも口調だけは嘲るように言った。

「こんな姿にさせられてるのにな」

「……は……恥ずかしいです。でも、ドキドキします」

彼女の台詞に、思わず浮かんだ疑問が口を突いて出た。

「どうして、嬉しいのかな……」

「そういう性癖だからっていうのが大きいだろうけど……佐野にもわかるんじゃない？」

「え？」

「このあいだ、言ってただろ。元彼に気持ち良くなって欲しかったって」

言われてみればそうだ。元彼と体を重ねるとき、私はいつも、彼に気持ち良くなって欲しいと願っていた。気持ちがいいと言われれば舞い上がり、否定的なことを言われればひどく落ちこんだ。

「それと同じだろ」

その感情は、驚くほどすんなりと理解できた。もしも要求に応えることで相手が喜ぶのだとしたら。もしもそれが、好きな相手だったとしたら。

檻の向こうに目をやる。改めてみると、あのふたりの会話がなんの変哲もない、恋人同士の会話に聞こえた。スポットライトで浮かび上がったそこは狭いながらも特別な、ふたりだけの世界のようだった。

藤澤くんの言う通り、彼らは主従関係にあるのだろう。けれどそれはもしかしたら、相思相愛よりも深い結びつきなのかもしれない。

「まだ怖いと思う?」

まるきり縁のなかった世界と自分とが、少しだけ繋がるような感覚がした。藤澤くんが目の前で、その扉を開いて手招きしているような気にさえなってくる。

どこか呆けたまま首を振ると、彼は真っ直ぐ私を見た。

「――それで、どうする?」

質問の意味がわかって、視線が揺れ動いた。

あの提案を受けるかどうか。返答に考えを巡らせる中、ふと私は気がついてしまった。頭に浮かぶ選択肢に、はっきり断るという答えが見つからない。

内心驚きながら押し黙っていると、突然、スタッフの女性が私たちに声をかけてきた。

「お客様。せっかくご来店頂いたことですし、体験緊縛、されてみてはいかがですか?ショーではありませんので服の上からですし、上半身だけです。もしお連れ様がよろしければ」

いきなりの勧誘に困惑しつつ、意見を求めるように藤澤くんをうかがう。すると彼は携帯を取り出し、その画面を私に見せた。

「当然……覚えてるよな」

コツ、と音を立てた指先が指したのは、あの夜、私が彼に送ったメールだった。

――命令を守れなかったお仕置きとして、私は来週、縛られます。

唇を噛む。何度も視線を彷徨わせ、一度、こっそりと息を飲んだ。

これから言い出そうとしている台詞を思うと、心臓がどくんどくんと強い鼓動を打ちはじめた。店内のささやかな談笑にさえ掻き消されそうになりながら、私は声を絞り出した。

「……その関係は……期限つき？」

「そう」

「……誰にも、内緒……？」

「もちろん」

頷かれるたび、選択肢がどんどん狭められていく。

「……私……」

俯く私に、スタッフの女性が再び尋ねた。

「どうなさいますか？」

ちらりと見上げると、軽く頬杖をついている藤澤くんと目が合った。私の逡巡も、はしたない期待も、すべてを見透かしているような双眸。あの夜、未知の快感を私に与えたときと同じ、鋭い視線。

「……いっておいで、芽衣」

低く静かな声が、躊躇う背中をとんっと押す。その瞬間、私は理性に絡みついていた誘惑に負けた。

「………お願い……します」

女性に向けてのひと言は、同時に、藤澤くんのあの提案に対する答えでもあった。

それ以上彼と目を合わせることもできずに、私はゆっくり、席を立った。


ショーはいつの間にか終わったようだった。

止まっていたBGMも再び流れ始め、照明も、来たときと同じ明るさに戻されている。

ステージで縛られていた女性はすでに服を身に着け、はにかむような表情で椅子の傍らに立っていた。

店内の客がそれぞれの雑談に戻る中、私はおずおずとその白い椅子に近づいた。

「緊縛のご経験はありますか？」

さっき女性に縄をかけていた男性に尋ねられて、舌をもつれさせながら答えた。

「い、いえ……あの、ありません。こういう場所も、初めてで」

「そうですか。心配しなくても大丈夫ですよ、軽くですから」

男性は私の緊張を察したのか、紳士的な口調で表情を柔らかくした。

促されるまま椅子に腰かけるとすぐ、背後で縄の束が解かれる音がする。

「腕を後ろに。そうです。手で反対の腕を軽く持って」

腕を摑まれ誘導される。言われた通り背中に両手を回すと、手首にぐるりと縄が巻きつくのがわかった。

ぎゅっと結ぶような音。しゅるっと縄のしなる音。体の内側から響いてくる、自分が息を飲む音。店内に流れているまったりとしたジャズの旋律にはそぐわないそれらの音が、現実味を削いでいく。

「痛かったり、我慢できなければ仰ってください」

「は、はい」

男性は背中側で縄を手繰っていて、私にはそこがどうなっているか見えない。それでもブラウスの上を麻色の縄が這う異質な光景には、どうしようもなく胸がざわついた。

縄の先端が胸の下を通る。体を一周し、脇をくぐり抜け、ぎゅっと一度締められると、わずかな息苦しさを感じた。まるで着物を着付けられているようだ。そんなことを思っていると、横にいたあの女性から声をかけられた。

「怖くはないですか？」

「……意外と、大丈夫です」

「よかった。もう限界って思ったら、遠慮せずすぐに言ってくださいね」

穏やかな笑みを向けられて、少しだけ体のこわばりが解れた。膝を床につき、私の目線と同じ高さに屈んでくれている彼女に、私は思い切って、さっきからずっと抱いていた疑問をぶつけた。

「あ、あの。……どうして……こういうことが好きなんですか……？」

「え？　こういうことって……緊縛、とかですか？」

私の問いかけに、彼女は首を傾げ考えるような仕草をした。

「んー、簡単に言うと……動けなくさせられるのが好き……だからかな」

返答につられるようにして、腕を動かそうとしてみた。体を締めつける縄には遊びを残してもらえているのか、それほどのきつさも、痛みも感じない。けれど自分の意思通りに動かせるのは指先ぐらいだ。

「Sの方は、相手を逃がさないために縛るんだと思うんですよね」

他にも理由はあるだろうけれど、と前置きして言われた言葉に、私の心臓は鼓動を速めた。

「逃げられないくらいに求められるって……ちょっと、ドキドキしません？」

あの夜、手首に巻きつけられたビニールテープの感触が甦った。記憶を辿り、無意識のうちに小さく頷くと、彼女は薄化粧の顔にあった微笑みを意味深なものへと変えた。

「私は必要とされてるんだって、はっきりわかるのが嬉しい。だからお客様のご主人様だって――」

「え……？」

馴染みのない単語に思考が止まった。誰のことを言っているのだろうと顔を上げたとき、こちらにまっすぐ向けられている視線の存在に気がついた。

「理由も目的もなく、お客様を縛らせたりはしないと思いますよ」

時折、檻の柵がその視線を遮った。男性が腕を動かすと私の体は揺れ、切れ切れに、こちらを見る藤澤くんと目が合った。頭のてっぺんから爪先まで。舐めるように、とはこのことだろう。

きっと、あの視線には淫らさが含まれている。私の反応を探り、その中に潜むかすかな劣情を嗅ぎ取ろうとしている。そう思うと堪らなくなって、呼吸が乱れた。

恥ずかしい、お願い、見ないで。訴えるような視線を送るのに、彼は少しも私から目をそらすことなく、にこりと思わせぶりな笑みを浮かべた。


きちっ、きちっ、と数度縄の擦れる音がして間もなく、男性は私の肩をぽんと叩いて「できましたよ」と言った。呼びかけられて思わず背後を振り返ろうとしたけれど、窮屈で体をよじれない。

男性が、緊縛の完成をカウンターに座る藤澤くんにも伝える。席を立ってそばまで来ると、藤澤くんは椅子に座る私を見下ろし、無言で頭を撫でた。

背後に立つ男性が私に尋ねる。

「いかがですか？　ご感想は」

藤澤くんにも聞こえることを意識して、小声で答える。

「………不思議な……感じです」

「不思議ですか。嫌ではない？」

嫌？　と口の中で呟く。もう一度考えてみたけれど、やはり嫌悪感はさほどない。

「なんでこんな目に遭わされなきゃいけないのよ！　馬鹿じゃないの⁉　っていう気持ちは？」

「それは、ないかな……」

思ったままを口にした。

腕を後ろにしているので、体勢は自然と軽く前屈みになってしまう。そのうえ縄で締めつけられ、きゅっと縮こまっているせいか、いつにも増して気が小さくなったように感じる。

「なんだか……自分がものすごく弱くなった気分です」

「そうですね。誰かに解いてもらわない限り、もう自力では抜けられませんからね」

腕を動かそうとすれば縄が軋むばかりで、背中から離すこともできない。よく考えてみれば、縄から抜け出すどころか自分の手でドアを開けることさえ難しそうだった。

「あ……そっか」

間抜けな私の返答に、椅子を囲んだ三人が声を立てて笑う。気恥ずかしくなっていると、男性がからかい気味に言った。

「可愛らしい方だ。縛られるのは初めてなんですよね？」

「……はい」

「それにしては、あまり抵抗感を感じられていないようですけど……淫乱な素質をお持ちなのかな」

「えっ……？　そ、そんな、こと、は……」

思わず反論しようとすると、藤澤くんがなだめるように私の頭をぽんぽんと撫でた。

「初めてじゃないだろ？　縄じゃないにしろ、拘束して尻も叩いたと思うけど」

「あっ……あれは……」

「まさか忘れてた？」

先週のあの痴態を人前に晒されて、私は慌てた。忘れてたわけじゃないけど、と言い返す前に、後ろの男性が声音を変えた。

「おや。そんな大事なことを忘れていたなんて……いけませんね」

「えっ？」

「完全に未経験の方だと思って手加減しましたけど、そんな必要はなかったのかな」

前触れもなく背中を押され、上半身を屈まされた瞬間、左のお尻に痛みが走った。

「いッ……!!」

「僕に嘘の申告をしたことになりますから、これはお仕置きです」

突然の出来事に混乱した。今日初めて会った人にお尻を叩かれたからだけじゃない。意地悪なその口調が、裏の顔になったときの藤澤くんとよく似ていた。

洋服越しに肌を打つ音が、潜んでいた記憶を強制的に揺さぶり起こす。

「なにを使って拘束されたんです?」

「……それ、は……」

「答えられないんですか?」

回答を迫る声のすぐあとに、再びパンッ! という乾いた音が響いた。男性と、あの夜の藤澤くんとが否が応にも重なって見えて、私は消え入りそうな声で答えた。

「……ビ……ビニールの、テープ、で……っ」

あれもいまと同じような格好だった。後ろ手に両腕を束ねられ、自由を奪われていた。幾度もお尻を叩かれて、藤澤くんに恥ずかしい告白をした。そのときの感覚が、ひとりでに呼び覚まされる。

「腕だけ? それとも足もですか?」

「う、腕……だけ……」

まるで、あの夜を追体験しているようだ。〝逃がさないために縛る〟と、さっき女性は言った。もしその言葉通りなのだとしたら、藤澤くんは、私を逃がしたくなかったのだろうか。

「そのときの気持ちは？　ドキドキしました？」

隣に立つ藤澤くんの存在を意識して、私は熱くなった顔を伏せた。

彼は鋭い。だから絶対に気づかれてしまう。あの夜、藤澤くんに責められて堪らなくどきどきしていたことも、いま、それを思い出してもう一度、体を疼かせていることも。

返答せず俯いていると、頭にのせられていた藤澤くんの手が、きゅっと私の髪を掴んだ。

「っ……」

きっと藤澤くんは、あの意地悪な笑顔でいる。「返事は？」と問い詰められて、答えれば「ドキドキしたんだ」と羞恥心を煽られるに違いない。

おそるおそる顔を上げる。けれど彼の表情には、わずかな笑みも浮かべられてはいなかった。

「このまま席に戻っても大丈夫ですか？」

藤澤くんは淡々とした口調で、男性と私との会話を遮った。

男性は申し訳なさそうに頭を掻きつつ、すっと私から体を離した。

「ああ……すみません。お客様があまりに初々しくて可愛らしかったものですから、ついちょっかいを出してしまいました。どうぞ、このまま席へお戻りください」

「どうも」

藤澤くんは素っ気なく答えると、肘を摑んで私を立たせた。

よろめく体を支えられながら、席へと戻る。カウンターの椅子に腰を下ろしたものの無言でいる彼に、そうっと声をかけた。

「あの……藤澤くん……？」

「なに？」

「……どうかした……？」

藤澤くんはいつも、よく笑う。それが普段通りのものでも、意地悪なものだとしても。それなのにいまはすっかり笑顔が消えていて、なにか怒っているのだろうかと不安になる。

こちらの問いには答えず、彼は静かな声で私の名前を呼んだ。

「……芽衣」

真っ直ぐな視線を向けられた。空気が変わり始める気配がして、冷静さが揺らぐ。携帯電話が取り出されるのを目にすると、嫌な予感に襲われた。なにやら画面を操作される様子を、眉をひそめ見守っているうち、ピピッと電子音が鳴った。さあっと顔色を変えた私を見て、藤澤くんはほんの少しだけ笑った。

「芽衣は勘がいいな。でも、今日は録音じゃないよ。……録画」

「えっ……!?　やっ……!!」

「静かに。ほら、他のお客さんに迷惑だろ」

声を上げた私をそっとたしなめて、彼はその携帯をグラスに立てかけた。黒い小さなレンズが、こちらにじっと目を向ける。

「やだ……っ、お願い、止めて……！　解いて……！」

ぎゅっと瞼を閉じ激しく首を振っていると、藤澤くんは私の頬を撫でた。

「なんの条件もなく、俺がその縄を解くと思う？」

「…………お、思わ、ない……」

「だったらどうする？　言うこと、聞けるよな」

言うことなんて聞けない、怖い。なのに、心の奥底を掴まれていて拒めない。あの夜与えられた言葉や快感が、はっきりとした形を残したまま私の逃げ道を塞いでいる。

私は、この尋常ではない関係を受け入れたと白状するように、そろそろと躊躇いがちに頷いた。

観念した私に向かって、藤澤くんは改めて質問を投げかけた。

「縛られてみた感想は？」

「……嫌じゃ、ない。少し、息苦しくて……変な感じが、する」

「尻叩かれてドキドキした？」

「え……」

「顔、真っ赤になってたけど」

「それは……このあいだのことを、思い出して」

「なんか苛ついたよ。芽衣は、誰にされてもあんな顔になるんだな」

「そんなこと……！」

藤澤くんに責められたことを思い出していたとははっきり言えず、口ごもる。

「でも、あの人の気持ちもわかる。芽衣を見てると、無性にいじめたくなるんだよな……」

藤澤くんは独り言のように呟いて、すっと私の胸元に手を伸ばした。

「あっ」

「そう、その顔。戸惑って、でもドキドキしてる顔」

指先が、胸を挟んでいる縄の表面を撫でた。

「苦しい？」

「く、苦しくない」

背中で行く当てを失っている手を握り締める。

藤澤くんの人差し指は、縄目の凹凸を確かめるようにゆっくり胸を横切っていった。その動きから、目を離せない。

「もしかして警戒してる？　なにかされるんじゃないかって」

「そ……そんなこと、ないよ」

逃げるように体をよじろうとする。けれど縄の擦れる音がしただけで、すぐに動きは封じられた。深く俯くと、藤澤くんの手がスカートの上から太腿に触れるのが見えた。

「っ……！」

「本当に、なにもされないまま解放されると思ってる？」

嫌ではない。苦しくもない。そこまでは本当だったけれど、そのあとは全部嘘だった。なにかされるのではないだろうかという怯えと淡い期待に、どうして彼は気づくのだろう。

一度大きく息を吐き出して、腿にのせられた手を見た。この手はあの夜、私の体に触れ、頭を撫で、胸を這った。そしてこの指は、私の体内に埋まったもの。そう思うだけで冷静さは脆くも崩れ去り、淫らな種が芽吹き始める。

「足、こわばってるけど……どうかした？」

「……どうも、しない」

ぎこちなくなりながら、それでも精一杯、強がってみせる。そんな私の答えなど意にも介さず、藤澤くんはスカートの裾を摘まみ、するすると捲り上げていった。

「あ……！　だ、駄目だよ……！」

「なんで？　なにもされないって思ってるんだろ？」

周りと、カメラとを気にした小声の抵抗をかわされ、ぐっと返事に詰まった。

「芽衣は、意外と頑固だよな」

「そんなこと、ない」

「ふぅん」

太腿にくっと爪の先を押しつけられると、皮膚は窪み、うっすらと白くなった。

「男は単純だから、言われたことはそのまま信じるよ」

指は、少しずつ足のつけ根へと向かっていた。か細く描かれた爪痕の線が、ぴりぴりと皮膚を刺激しながら上へ上へと進んでくる。

「芽衣が平気だって言うなら、この指、止める理由が見つからないんだけど」

彼は責めながらも私の反応を探る。だから嘘がつけない。誘導尋問のようにして引きずり出されるのは、偽りのない私の本心だ。

「……平気なわけ……ないじゃない」

その声がどこか拗ねたもののようになってしまうと、藤澤くんは親指と人差し指とで、私の唇をむにっと挟んだ。

「反抗的だな」

「も、問題ある？」

なけなしの虚勢を張る。そうでもしなければ、妖しい雰囲気にあっという間に飲みこまれてしまう。笑みもなく顔を覗きこまれて、背筋がぞくぞくと粟立つ。耐えきれず目を伏せると、藤澤くんは私の耳に髪をかけながら言った。

「問題ならあるよ。お前は俺の奴隷になったんだろ？」

「っ……」

「ご主人様って、言ってみろ」

耳慣れない、厳しさを含んだ口調。それでいて、秘めごとめいた熱がある。

「そんな、こと……、い、言えないよ……っ」

「へぇ……言わないんだ」

私のささやかな抵抗を嘲笑うかのように、藤澤くんは意地悪く頬を緩め、太腿にのせていた手を引いた。

「言わないなら、今度また罰を与えなきゃいけないいな」

「ば、罰……？」

「こんな風に縛って、ベッドに転がして……せっかくだからついでに足も縛って」

「え……」

「ちょうど胸のところは縄がないから、まずはこのあいだみたいにたっぷり揉もうか」

藤澤くんの視線が、縄に強調された胸元に刺さった。つられて見れば、ブラウス越しにうっすらとブラジャーが透けていた。無駄だと知りながら、隠そうとして体をひねる。

「耳も、あと首筋も舐めて。結構反応良かったからな」

言葉に責め立てられる。たぶんこれが、すでにひとつの罰なのだ。身を縮ませ屈もうとしたけれど、体に絡む縄はわずかな逃亡さえも許してはくれなかった。

「ブラウスだったら前だけ開けられるし……あ、服の上から乳首嚙んじゃおうか」

「……はっ、恥ずかしくないの、そんなこと口にして……」

「全然。恥ずかしい思いをするのは芽衣だろ？　ろくに動けないんだし、俺の好きにできる」

「や、いやだ……！」

「逃げようとしてもいいよ。それもまたそそるから」

「っ……」

次々と浴びせられる淫らな言葉が、止めどなく妄想を生む。現実を金型にしたその妄想はひどくリアルで、脳裏に浮かぶ映像にくらくらした。

「スカートは……ここに挟んで捲りっぱなしにして、下着だけ脱がそうか」

再び藤澤くんの指が、胸元を一周している縄をなぞった。スカートの裾をそこに留められてしまえば、確実に下半身を露出することになる。ベッドに転がされ、抵抗するすべもなく衣服を剝がされていく。そんな光景がありありと想像できた。

「腹這いにさせれば逃げようとしても見えるし、スカート捲っとけば逃げなくても見える。どうやっても芽衣は、自分では隠せない」

ただの言葉に、私はどんどん追い詰められていった。四つん這いにさせられている自分。下着を失った秘部。藤澤くんの言う通り、逃げることも隠すことも不可能に違いない。

「見られたくない？」

「み、見られたくない」

「自分じゃ隠せないくせに」

「や、だ……っ」

「クリトリスも、今度は指じゃなくて舌で舐めたり」

「ん……っ」

かりっ、と耳朶に爪を立てられた。

もしもあの夜と同じ執拗さで責められたとしたら。確実に性感を煽り立てられて、私はまた、はしたなく達してしまうのだろう。

「前は一回だけで止めたけど、次は何回もイかせようかな」

「……ぁ、……い、や」

あの絶頂の瞬間を思い出す。下腹を締めつけられるような甘ったるい感覚がして、私は思わず声を漏らした。

俯けば、レンズが痴態を見逃さないとでも言いたげに、じっとこちらを見つめていた。身動きすれば縄の軋む音がして、現実と妄想との境目があやふやになった。

「フェラしろなんて言っても、案外、素直に従いそうだな」

「そんな、こと……」

実際にはなにもされていない。なのにそれは実体験のような鮮明さで瞼に浮かび、そして本当にいつか、そうされてしまう予感がした。

気づけば私は誘導されるまま、自分自身の妄想に責められていた。

ふいに呼ばれて、一時現実に引き戻される。

「芽衣」

「なっ、なに？」

「どうした？」

顔は紅潮し心臓は痛い。じくじくと下腹が疼くけれど、平静を装うしかできない。思考を読まれまいと咄嗟に顔を背けかけたけれど、それより先に顎を摑まれ顔を上げさせられた。

「どうした？　って、聞いたんだよ」

「い……意地悪……っ」

「もう知ってるだろ」

自然と眉根が寄った。脳はすでに卑猥な情景に埋め尽くされ、柔らかく溶けているみたいだった。

「質問の返事は？」

「……か……体が、おかしい……。すごくドキドキ、してる」

「興奮、の間違いだろ。いやらしい顔になってる。あとで自分でも見たらいい」

ちらりと携帯に目をやる。映像なんか見なくても、自分が興奮しきっていることはもうわかっていた。体が、そして秘部が、こんなにも熱く腫れぼったいのだから。

藤澤くんの指が私の体をかたどっている縄の線をなぞった。首、肩、胸。脇を通って背中に回り、手のひらに触れられる。直接肌をくすぐられて、顔が火照る。

「や……っ！　やっぱりこんなの、恥ずかしすぎる……！」

「興奮してるのを知られるのが、そんなに恥ずかしい？」

こくこくと小刻みに頷くと、藤澤くんは私の耳元に顔を寄せた。

「いいこと教えてあげようか」

「な……なに？」

「俺はわざと、芽衣に恥ずかしい思いをさせてるんだよ」

彼の指が私の指を、きゅっと握った。温かなその手触りに、卑猥なものとは少し違う、どこか甘い胸の締めつけに襲われた。

「忘れられない出来事は人を変える」

「変わりたい」と言って藤澤くんに頼んだ通り、私の体は急激に変わってきている。けれどそれは、ただ自然と変わっているのではない。まるで藤澤くんの手で作り変えられているみたいだ。

「繰り返し思い出すたびに、その人の中に記憶が埋めこまれていく」

　この一週間、私はもう何度もあの夜を思い出していた。

「その人がそれを望んでないとしても、そういうスイッチを作ることができる。……芽衣の中に、俺のスイッチができるんだよ」

　それは、身に覚えのあることだった。言葉を起爆剤にして記憶が甦り、妄想が走り出す。ずくんと腹の底が鈍く疼いて、私は身震いした。体と心の急激な変化が、怖い。

「も、もう……解いて……っ」

　怖い。けれどどきどきする。全身が熱い。息が、苦しい。小さく喘いで携帯のレンズから顔を背けたそのとき、体の奥からとろりと蜜が溢れる感触がした。

「……!!」

　体内深くにスイッチが作られた瞬間はきっと、逃すことなく記録されただろう。そして藤澤くんに言葉で責められ、感じている様さえも。

　快楽に歪んだ思考回路が、私の口から声を出させた。

「……ご――」

「ん？」

「ご、……ご主人、さ、ま……」

　滲んだ涙で視界はぼやけていた。荒ぶった吐息を抑えることも忘れて横を向くと、藤澤くんは驚いたような表情で私を見ていた。

「ドキドキ、します。興奮も、してます……っ。でも、怖い……。頭が変になりそうです……っ。もう、解いて欲しい……。お願い、です。……もう……っ」

ステージ上でのあの女性を真似た口調で私が告げると、藤澤くんは眉根を寄せ視線をそらし、ゆっくり、溜息にも似た長い息を吐いた。

「……芽衣は、俺のなにになったんだっけ？」

「…………ど……奴隷、です……」

倒錯した世界に足を踏み入れた感覚がして、舌がもつれた。震える指先を握り締め、溢れ出た愛液を気取られないよう、ぎゅっと膝頭を合わせて返答を待った。

わずかな沈黙が流れたあと、藤澤くんは私の背中に手を回した。そしてきしきしと数度結び目を揺すられたかと思うと、意外なほどあっさり縄を解いてくれた。

「……解いてもらえないと……思ってた……」

「……ちゃんと答えられたご褒美だよ」

自由になった手首を下ろされると、痺れを感じて顔をしかめた。それほどきつくないと思っていたけれど、同じ体勢をしていたせいで関節が凝り固まったらしい。

藤澤くんは携帯を操作して録画を止めると、ぼそりと呟いた。

「参ったな」

「……なにが……？」

「なんか調子狂う」

「……どうして？」

　これもご褒美の続きなのか、藤澤くんはおもむろに私の頭を撫でた。不思議に思うほど、その手のひらが優しい。

「さあ、なんでだろうな」

　しばらくして独りごちると、藤澤くんはなにかを誤魔化すように笑った。

　その日の締めくくりとして、私は藤澤くんから動画を受け取った。そして、再び彼に促されるままメールを打った。

『行為の最中は藤澤くんのことを、ご主人様と呼びます』

　携帯に残された動画データとその送信履歴を見て、私の喉はこくりと鳴った。

# 5

　あれから数日が経った。

　月の半ば、それも水曜日とあって、職場全体に穏やかな空気が流れている。月末ならば昼休みに入っても仕事を続ける社員がいるけれど、今日は特に人が少ない。この様子だと近場の店は混んでいるのではと、菜月ちゃんと私はコンビニ弁当で昼食をすませることにした。

　自席と隣の空席に並んで食事を終える。デザートに新作のチョコレート菓子を摘まんでいると、彼女がふと、思い出したように私を見た。

「そう言えば芽衣、もうあの男のことは吹っ切れたの？」

「え？」

「別れた彼氏のことよ」

　菜月ちゃんは足を組みかえ、怒った顔で鼻息を荒くした。

　私は彼女に、別れのいきさつを事細かには話していない。簡単にあらましを説明した程度だ。それでも彼女はずいぶん憤慨し、心配してくれていた。彼が私にとって初めて一年以上付き合った相手だったということも、三年目の記念日を楽しみにしていたことも知っていたからだろう。

「んー……どうだろう……」

少し考えて返事を濁した。もう吹っ切れたと、さっぱりした顔で言えるかといえば怪しい。現にいま、それほど胸は痛まないまでも気持ちにさざ波が立った。

「最近、なんか雰囲気が変わったし元気そうだから、もう平気なのかなって思ってたんだけど」

「私、変わった？」

「うん。なんとなくね」

「……どんな風に？」

菜月ちゃんはこちらを見て、私の頭の上からつま先まで、視線をぐるりと一巡させた。

「見た目より中身が、かな。空元気な日も減ったし、前向きっていうか……思ったこと、口に出すようになった気がする。お昼どこに行くかだっていままではすぐ、なんでもいいよって言ってたのに」

「それはー……うん。じつは、ちょっとだけ気をつけてる。あんまり受け身でばっかりいるのもどうかと思い始めて」

彼女の鋭さに驚きつつ、気づいてもらえたことは素直に嬉しかった。

いままでなら相手の出方を気にしてしまいこんでいた自分の感情を、私はこのごろ勇気を出し、少しだけ口にするようになっていた。

そもそも、そうするようになったきっかけは藤澤くんとの秘密の関係だ。あの時間、彼は私に何度も繰り返し本心を言わせようとする。それが耳に残っているのか、それとも刺激が強すぎるのか、ふとした瞬間に彼の声が聞こえて、私の背中を軽く押すのだ。

たとえばそれは、昼はなにを食べるか、どこに飲みに行くか、本の感想や仕事に関するちょっとした意見といった些細なものばかりだったけれど、私にとってはずいぶん大きな進歩だった。

「それはいい心がけね。芽衣は自分を抑えすぎるところがあるから」

「そんなつもりはなかったんだけど」

「私からすれば必要以上に抑えてるよ。場合によっては美徳だけど、だいたい損するんだから」

いままでの私を知るからこその手厳しい指摘に苦笑いしていると、彼女は意味ありげに口の端を持ち上げた。

「――で、なんかあったでしょ」

「え？」

「そんな心境の変化が起きるようなこと。たとえば……新しい出会いとか」

「……出会い、ねぇ」

にこにこと笑顔で顔色を探られる。ぼろが出る前にどうにかはぐらかさなければと思い悩んでいると、フロアのドアが開いて会話が途切れた。

目を向けた先には、藤澤くんの姿があった。

「お疲れ、佐野。よかった、昼に出てていないかと思った」

「あ……藤澤くん」

「休み時間にごめん。これさ、このあいだの案件なんだけど……」

書類の束を手に藤澤くんが平然と近づいてくるので、私は密かにうろたえていた。声は裏返ることなくきちんと出せただろうか。私が落ち着こうと耳に髪をかけ直したとは知らず、菜月ちゃんはいいことを思いついたとばかりに、彼に話題を振った。

「ねえねえ、藤澤くん。芽衣、最近変わったと思わない？」

待って菜月ちゃん！　と、内心悲鳴を上げた。そんな心の声に気づいているのかどうか、藤澤くんは私の顔をじっと見る。

「変わったって、どんな風に？」

「このところ、たまに遠い目してるんだけど……それがどうも艶っぽい気がしてるんだよねえ。なんかあったでしょう？　って原因を聞き出そうとしてるんだけど、この子、口堅いからさ」

「そうなんだ。なにかあったの？　佐野」

どこまで勘がいいんだと舌を巻く。私は平常心を掻き集め、できるだけ声の抑揚を抑えた。

「えっと……そんな、色気のある話なんて全然ないんだけど」

「全然ないんだ」

ともすれば侘しい答えを聞いて、藤澤くんはおかしそうに笑い声を立てた。けれど私は、その笑みが妙に思わせぶりであることに気がついた。

もしもふたりきりならば、きっといまのひと言は藤澤くんのスイッチを押していた。次に会ったときには、「拘束されて尻を叩かれたことも、それでも感じてイッたのも、特別なにかじゃないんだ？」と追及されるかもしれない。「これまでのことが特別じゃないなら、もっとちゃんと〝特別なこと〟をしようか」なんてことを言われる気がする——と、そんなことを考えた自分に驚いた。脳裏に浮かぶ想像が、どんどん具体的になっている。

「ね？　こんな感じで誤魔化すのよ。変わったっていうのも、いい意味で言ってるのに」

「佐野はいまのままでも十分、魅力的だよ」

「ちょ、ちょっと……」

「さすが藤澤くん、さらりといいこと言うね」

思わぬ褒め言葉にたじろぐ。頬がやけに熱い。顔を上げると、優しげな微笑みを向けられた。

「でも佐野、赤くなって困ってる」

「褒められるのに弱いから、芽衣は」

「へぇ、覚えとこ」

こもった熱を逃すようにぱたぱたと顔を扇いだ。もしかしてわざと持ち上げたのかと穿った考えを抱いていると、藤澤くんは「それはそうと」と手にしていた書類を差し出した。

「佐野、困ってるところ悪いけど、それ急ぎで処理進めといてくれる？」

「え？　あ、わかった。えっと……新規案件の注文書？」

「うん。相模さんの承認印はもらってあるよ」

「よく働くねぇ、藤澤くんは。このあいだみたいに相模さん使って持って来させればいいのに」

「ははっ、それはまた今度。今日のは佐野に、不備がないかチェックして欲しかったから」

「ちょっと待って、すぐ見るね」

私はパソコンにログインし、電卓を取り出した。書類に記された数字と、パソコン画面のデータとを照らし合わせる。

仕事をはじめた私を見て、菜月ちゃんが呆れ顔で溜息をついた。

「あんたも……真面目ねー。昼休みが終わってから見ればいいのに」

「そこが佐野のいいところでしょ。羽柴も見習えば？」

「人には向き不向きがあるのよ。藤澤くんだって、相模さん見習ってちょっとは適当にやれば？」

「まあ、向き不向きがあるからね」

ふたりの会話を微笑ましく思いながら書類に目を通していく。最後の一枚を捲ると、ページの端に小さな付箋が貼られていた。

『週末、暇だったら映画に行かない？　相模さんにチケットもらった』

ちらりとふたりの様子を見る。会話が終わってしまう前に、私はその付箋を剝がして手のひらに隠した。

秘密めいた誘いに、ふわふわと気持ちが浮わついた。私が書類の束を閉じると、藤澤くんがこちらを向いた。

「大丈夫そう？」

「うん……大丈夫」

「そっか、よかった」

ふたつの意味を含めて答えると、彼もまた、ふたつの意味を含めて返してくれた。

「結構面白かったなぁ」

「うん。最後の展開、すごくハラハラしたね」

　このところ雨が多かったけれど、土曜日は快晴だった。昼前に駅で待ち合わせて行った映画館で、私たちは公開されたばかりの映画を見た。アクション映画のわりに随所に伏線が張り巡らされ、ミステリーの要素もあった。話に引きこまれているうちに物語は進み、予想外のラストには思わず手に汗を握ったほどだ。

　興奮冷めやらぬうちに時間はちょうど昼になり、私たちは食事のため、近くのカフェへと入った。藤澤くんは肉料理、そして私が頼んだのは魚料理のプレートランチで、目の前の皿には彩りよく盛りつけられた料理がほかほかと湯気を立てていた。

　照り焼き風にソテーされた豚肉を、藤澤くんが美味しそうに頬張る。

「相模さんに感謝しなきゃだな」

「せっかく当てたのに、もったいないね」

「ああ、あの人、映画館が苦手なんだよ。暗いところが怖いんだってさ」

「そうなの？」

「うん。あの見た目で意外だよね」

　藤澤くんが手に入れた映画のチケットは、相模さんが飲み会のゲームで当てた景品だったらしい。ペアのチケットなんて独り身の俺に対するいじめだ、と拗ねながらも、同じ境遇の藤澤くんにプレゼントしてくれたのだという。

「絶対女と行けって言われたから、従ってみました」

冗談めかした口調に思わず吹き出す。彼が従うなんて単語をわざわざ使ったのがおかしい。

「なんで笑ったー?」

「ううん、別に」

ナイフで白身魚のフライを切る。添えられていたタルタルソースをのせて、口へと運んだ。衣はサクサクとしているし、こくのあるソースが淡白な魚とよく合っている。刻まれたピクルスの風味も効いていて美味しい。しっかり味わってからサラダにフォークを向けたところで、藤澤くんから視線を向けられていることに気がついた。なに? と尋ねるように首を傾げる。

「いや、初めて飲み会で一緒になったときも思ったけど、すごく丁寧に食事するよね」

「初めての飲み会って……あ、懇親会のこと?」

「うん。行儀がいいというか。綺麗な食べ方するなと思ってた」

思ってもみない言葉に手が止まる。そんなことを面と向かって人から言われたのは初めてだ。

「そんなに見られてると……」

「ん？」

「……食べにくい。緊張しちゃう」

こうして普通に話しているだけなのに、ふとした瞬間に彼のスイッチが入るのではと鼓動が速まる。眼差しの中に、なにか意味が含まれているのではと勘繰ってしまう。

「なんか最近、素直になったね」

そうさせているのはあなたでしょうと、心の中だけで呟いた。

気持ちが顔に出ていたのか、藤澤くんはふっと笑い、再び料理に手をつけながら話題を変えた。

「佐野は普段、休みの日ってなにしてるの？」

「え？」

名字を呼ばれ、奇妙な違和感を覚えた。〝芽衣〟と呼ばれるのはどうやらあのときだけらしい。

「……たまに出かけるけど、家にいることの方が多いかな」

自宅で、気に入っているコーヒーや紅茶を淹れてのんびりと本を読む。そんな時間が大好きで、外との繋がりはネットが多い。色気を身につける方法を検索していたことも、色っぽい女性の画像を探してみたことも、どれもあまり他人には知られたくないことだ。

「そう言われてみれば、休み時間も結構ネット見てるよね」

「……バレてた？」

藤澤くんは皿に残っていた最後の一口を食べ終えると、アイスコーヒーにミルクを混ぜ、頬を緩めた。

「ウィンドウ小さくしてるせいですごい前のめりになってるよ。たぶん他の人もわかってるんじゃない？」

「……一応、気をつけてたつもりなんだけど」

「あれ、なに見てるの？」

「えっと……通販のサイトとか……」

曖昧に濁した私を、藤澤くんは意地悪そうな顔でからかう。

「へぇ、会社で。それは見つからないようにしないと」

「で、でも買わないいんだよ。見てるだけ」

「ウィンドウショッピングみたいに？」

知られたくはない一面を吐露していることが気恥ずかしくなって、カラカラとアイスティーの氷を掻き混ぜた。

「ほんと……地味だよね」

「いや、わからなくもないよ。ネットだとすごくいろんなものがあるし、見てるだけでも結構楽しめるよね」

「あ、そうそう、それ。行けそうにないお店のものを見たり」

「高いブランドとか？」

「うん、絶対に買えないようなお店のサイトとか。本気で欲しいわけじゃないのに、つい見ちゃうんだよね」

わかるかも、と言って藤澤くんは笑った。頭の片隅で、こんな普通の会話は久しぶりだと思う。

「他には？」

「えーっと……本を読んだり、あとは……手芸とか」

「手芸って、縫ったり編んだり？　すごいね。本当にインドアだ」

「……天気のいい日に陽が当たる場所で、お茶飲みながらのんびりするのが好き。自分の好きなことに囲まれるのって、すごく贅沢な気がするから」

「ああ、いいね。気持ち良さそう。佐野に似合ってるよ、そういうの」

「似合ってる？」

「いい意味でね」

共感してもらえている心地よさに後押しされ、私は言葉を繋いでいた。

別れた彼に同じような話をしたときはただひと言、地味だなぁと笑われておしまいだったけれど、藤澤くんは感嘆の表情できちんと受け止めてくれている。

「じゃあ今度の休み、晴れたらどっちかの家でそういうことしてみる？　佐野がのんびり好きなことしてる横で、俺は資格の勉強、と」

突然の提案にぽかんとした。自然と、とても穏やかで素敵な光景が思い浮かぶ。けれどそれではまるで、恋人同士だ。

「そんなことって……なんか……」

「ん？」

「いや……恋人同士みたいだなと、思って」

「……そうだね。でも俺は今日のこれだって、デートのつもりだったけど？」

「え？」

「デートだよ」

どきっとした。どう受け答えればいいかわからない。熱くなった頬を持て余し、窓の外に視線をそらす。

休日だけあって、大通りはたくさんの人で賑わっていた。交差点の信号が青に変わり、立ち止まっていた群衆が一斉に歩き始めた。

「……あのさ、佐野――」

藤澤くんがなにかを口にしかけたそのとき、視界にふと、見覚えのある姿が映った気がした。

「あっ……」

心臓が騒いだ。もう二ヶ月以上会っていないけれど、三年近く一緒にいたその姿を見間違うとは考えにくい。再びちらりと外を見る。元彼らしき人影はもう、雑踏の中に消えていた。

「なにかあった？」

「……えっと……」

顔色を変えた私を気にしてか、藤澤くんが怪訝そうな表情をしていた。慌てて誤魔化そうとしたら手がフォークに当たり、床に落としてしまった。

「なに慌ててるんだか。会社の人でもいた？」

藤澤くんが転がったフォークを拾い上げてくれる。私はごく小さな声で、ぼそりと答えた。

「いや、あの……元彼……っぽい、人がいた。でもたぶん、人違い。一瞬だったし……混んでるところは嫌う人だったから、違うと……思う」

「……男と会ってるところなんて、見られたら困るもんな」

「え？　い、いや……困りは……」

取り繕うようなことを口にしながら、本当に困るだろうかと疑問が湧いた。

よりを戻したいなら当然、別の男性といるところを見られるわけにはいかない。なのに、藤澤くんに面と向かって困ると言い切るのはどうしてだか躊躇われた。なぜか、ひどく居たたまれない。

おそるおそる視線を上げると、藤澤くんは頬杖をつき、にこりと笑った。

「それより、このあとどうする？　行きたいところがなければ、ちょっと寄りたい店があるんだけど」

「……あ……うん、いいよ。なにか買うの？」

「内緒」

その笑顔はさっきまでと同じだったけれど、少しも目が笑っていないような気がして、ぞくりと嫌な予感に襲われた。

カフェを出たあと、大通りの外れまで言葉少なに歩いた。いくつかテナントの入っているらしいビルの前まで来たところで、藤澤くんは「ちょっと待ってて」とだけ言い残し建物の中へと消えた。そして十分もしないうちに、なんのロゴも印刷されていない白い厚手のビニール袋を手に戻ってきた。

「ついてきて」

どうも様子がおかしい。こんな街中を歩いているというのに、なぜだかあのバーでの出来事がちらちらと頭をかすめる。

言われるまま藤澤くんについて行った先はデパートの紳士服売り場で、階段脇まで来ると、彼はそこにあった多目的トイレの開閉ボタンを押した。

自動でドアが開く。どうすればいいかわからず立ち尽くしていると、藤澤くんは私の腕を摑み、ぐいっと中に引きこんだ。

「ちょ……！　待って、ここ、トイレ……！」

悲鳴を出しきる前に、再びドアが閉められた。突然の展開についていけずにいると、彼は無言で私をじっと見た。つい、息を飲む。このままではなにかされてしまう気がする。

「や、だ……。ここ、トイレだよ……」

「嫌って、なにが？」

「なにって……」

「ずいぶんいやらしくなったな。いま、なに考えた？」

狭い空間に声が響いた。

一体どこで彼のスイッチが入ってしまったのだろう。卑猥な予感を抱いたことを鋭く指摘され眉根を寄せると、彼は口の端を軽く持ち上げた。

「その顔、ほんとそそる。あの夜撮った動画、あれから何回見たと思う？　芽衣も見ただろ？」

心を読むような眼差しから、私は目をそらした。

実際、私はあのバーで撮られた動画を幾度も再生した。最初は怖いもの見たさで。二度目は吸い寄せられるように。そして繰り返し再生するうち、私は自分の変化に気がついた。

——芽衣の中に、俺のスイッチができるんだよ。

あの宣言通り、私の中には藤澤くんの声で動き始める淫らなスイッチができていた。

「芽衣」

彼が、私の下の名前を呼ぶ。普段は聞かない、静かな声。あの性癖を覗かせるときにだけ出される声。自分では手の届かない場所にできたスイッチが、かちりと入った。

目の前に、ビニール袋を差し出される。

「これ、開けて」

「……さっき買ったもの……？」

「そう。芽衣に、プレゼント」

「プレゼント……？」

突き刺さるような視線を感じながら、私は渡された袋を開けた。中にはもうひとつ、茶色い紙袋。やけに厳重な包装を開けると、そこにはいままで見たこともないものが入っていた。

「な……なに？　これ」

「想像して」

真っ先に、大人の玩具という単語が思い浮かんだ。紙袋の底には、ころんとしたピンク色の物体がふたつ転がっていた。ひとつは手のひらほどの長方形の箱。小さな赤いランプと、スイッチのようなものがついている以外は凹凸もなにもない。けれどもうひとつは——。

「四角い方、取って」

「……は、い」

「こっちは、俺が使うもの」

ということは残った方が私、なのだろうか。だとすると、その使用方法はおのずと限られてしまいそうだった。

ふっくらとしたT字型のそれ。くびれのある長い棒はいかがわしさを感じさせる形をしていて、触れることさえ躊躇っているうちに指示が届いた。

「芽衣。それも出して」

この状況で逆らえそうもなくて、おずおずと取り出す。ひんやりとしていて、奇妙に柔らかい。

「使ったことはなくても、なんとなくわかるんじゃない？　ここが、芽衣に埋まる部分」

藤澤くんは私の手にのせたそれの、丸い先端を指差した。さらに、複雑にざらついた箇所に触れながら、説明を加える。

「このでこぼこしてるとこはクリトリスに当たる。あ、こっち側の出っ張りは後ろに当たるらしいよ」

「……あ、あの」

声にならない。手の中にあるこれが、説明された通り体内に埋められるのだとしたら。

「くびれてるから抜けにくいみたいだし、入れたまま歩けるってさ」

「っ、……まさか」

「まさかって？　もちろん、これは芽衣に入れるよ」

藤澤くんのSのスイッチ。それがすでに入ってしまっているのだとしたら、私にはもうどうすることもできない。それでもすぐには従えそうもなくて、口先ばかりの反抗をする。

「……どうして、いきなりそんなこと……」

「……さあ、どうしてかな。無性にいじめたくなっただけだよ」

吐き捨てるように言ってすぐ、彼の腕は私を捕えた。後ろから抱きすくめられ悲鳴を漏らしそうになった唇に、冷たい感触がした。

「っ……！」

玩具の先端を唇にあてがわれている。初めての衝撃に首を振って逃げようとすると、壁際に追い詰められ、腕の檻に閉じこめられた。

「舐めろ」

「……や、やだ」

「こんな偽物より、本物の方が好き?」

「そんなこと……!」

頬が火照る。すでに責められ始めているとわかった途端、自らの意思を裏切って体がざわざわと騒ぎはじめた。

「……芽衣は俺の、なんになったんだっけ?」

「……それは」

「奴隷、だろ。いちいち携帯見せなきゃ思い出せない? どうするんだった?」

耳元で囁かれる半分脅しのような台詞。反抗を奪い記憶を呼び覚ます声。どうしてだろう。息は荒くなり、心臓がどきどきと高鳴る。私の体は責められることを受け入れるように、密かに身震いした。

「命令、聞けるよな」

男性器を模したような形に、強烈な抵抗感を覚えた。息を飲むばかりで動けずにいる私を、藤澤くんは黙って見つめ続けている。きっと従うまで許されないだろう。

何度も言いよどむ。頷いてもいいものかと悩む。そうやって葛藤しているはずなのに、抗えない。

つっと口元を這う妖しい感触に促されるまま、私は唇を開いた。

「………は、い」

こわごわ舌を伸ばすと、すぐになんの味もしない滑らかな表面に触れた。時折藤澤くんが手を動かすせいで、それはつるりと唇の上を滑った。

ふと視線を動かすと、洗面台に設置された大きな鏡に自分たちの姿が映っていた。鏡の中の私は、藤澤くんの腕に逃げ道を塞がれながら、ピンク色の玩具に舌を這わせていた。直視しがたい淫らな情景に、頭が混乱を深める。

「っ……！」

思わず彼の腕をのけ顔を背けようとした瞬間、強い力で手首を壁に押しつけられた。声を上げようとしたその隙に、玩具はぬるりと唇に侵入した。

嚙みついたところでなんの意味もない、ぐにぐにとした感触が不気味で、助けを求めるように首を振る。

「ン……！　んぅ……ッ！」

「……やらしいな、芽衣」

顎を引かれ横を見る。視線の先、鏡越しに藤澤くんと目が合った。鏡に映る男も、とろけた表情で異物に口を犯される女も、見たこともない赤の他人のようだ。

彼の手が玩具を動かすたびぐちゅぐちゅと口から聞こえてくる水音は、まるで本当に口淫をしているような気持ちにさせた。

せわしない息を鼻から吐いていると、ゆったりとした口調で教えられる。

「これさ、じつは遠隔操作ができるんだ」

「ン……っ?」

「ほら、これがスイッチ」

藤澤くんが、手にしていた小箱のボタンを押した。

「ッ! ン!」

突然、玩具は細かい音を立てて振動をはじめた。驚いて口から離そうとしたけれど、彼の手がそれをより深く押しこんだ。

「ンゥー……っ!」

くぐもった悲鳴を上げていると、体を壁側に向かされた。前触れなく伸びてきた手がスカートの奥に潜る。あっという間にショーツを膝まで下げられたかと思うと、露わになった花弁に指が触れた。

「あ……っ」

「ああ、やっぱりもう濡れてる」

振動を続ける玩具が、唾液の糸を引きながら口から離れた。

「壁に手、ついて。そのまま動くなよ」

「や、っ……!! んっ……!」

機械的なジィィーという音が秘部に迫っているのがわかった。逃げようと腰をよじると、濡れた表面が谷間でぬるりと滑った。

「芽衣。あんまり動くと、入れるところ間違えるかもしれないよ」

彼は笑い混じりに囁き、手を上の方へとずらした。蜜口のすぐ上にあるすぼみを、玩具の先端でくすぐられる。触れられるわけにはいかない場所が危険に晒されているように感じて、頑なに首を振った。

「そこ、はっ……！　や、やめ……ッ」

「芽衣がおとなしくしてれば間違えないよ。たぶん」

愛液を絡みつかせながら、玩具は溝を往復した。間違われるのが怖くて、言われたまま身を固くしていると、藤澤くんのもう片方の手が体の前に回された。

「っ、な、なに……っ？」

「先に……おとなしくできたご褒美をあげとこうかと思って」

恥丘へと伸びた指先が割れ目を開いた。露わにされた花芽に、今度は玩具の振動を当てられた。

「あ……！　ぁッ！」

指とは明らかに違う刺激に襲われ、鋭い快感が突き抜ける。目の前の冷たい壁に頬を預けながらあからさまな嬌声を上げていると、急に冷静な声で詰られた。

「いい声だけど……芽衣、ここがどこだか思い出して」

はっと我に返った。そうだ、ここはデパートのトイレで、扉の向こうには人がいるかもしれない。そう頭ではわかっているのに、私は自分では喘ぎ声も殺せないほどに感じていた。

「い、いや……怖い……です、ご、……ご主人、さま……っ！　お願い、止めてください……っ」

生真面目に約束を守って、私は藤澤くんをご主人様と呼んだ。学習した知恵と、本心から縋るような気持ちで懇願すると、彼は一瞬息を飲み、私の首筋に唇を押しあてた。

「は……っ。……ご主人様って呼んだからって止められるわけがないだろ。それ、逆効果」

「そんなっ……！」

「むちゃくちゃに突き入れたくなったよ。……お前、どれだけ俺に我慢させるんだ」

「えっ……ぁ、あ……っ、ぁっ……！」

願いが聞き入れられることもなく、玩具はぐずずずっと濡れた肉壁を削るようにして体内に埋められた。

「あ、あ……っ」

「……もっと気持ち良くしてあげたいけど、いまはおあずけ」

鈍い衝撃を最奥に与えて、侵入は止まった。スイッチは切られ、振動も収まっている。

それでも体の内側には、明らかな異物感が残っていた。事前の説明通り、腫れたままの尖りにはさっき見せられたざらつきが触れ、後ろのすぼまりには常に出っ張りが当たっていた。

藤澤くんは膝に引っかかっていたショーツを元に戻させると、私の乱れた前髪を直しながらにこやかに言った。

「じゃあ、芽衣――ウィンドウショッピング、しようか」

そのひと言を、私は信じられない気持ちで聞いた。

嫌な予感はしていた。けれどそんなことはあり得ないと自分自身に言い聞かせていた。振動こそ止まっているものの、これでは一歩も動けそうにない。スカートを握り締め黙りこくっていると、藤澤くんは立ちすくむ私の手を取り外へと連れ出した。

休日の街は賑やかで、どこもかしこも人でいっぱいだった。

アパレルショップやカフェが軒を連ねる並木道を、覚束ない足取りで歩く。まるで貧血でも起こしたみたいに視界が薄ぼやけているのに、体は発熱したみたいに熱い。藤澤くんに握られた手にはどんどん汗が滲んでいく。デパートを出てまだ数分しか経っていないはずなのに、すでに何キロも歩いたように足が重い。

唯一、救いがあるとすれば、思ったよりも彼がゆっくりとした歩調で歩いてくれていることぐらいだ。

「大丈夫？」

くすりと笑って、私をこんな状態にさせた張本人が背中を撫でた。たったそれだけの刺激にも妙な気分を掻き立てられて、私はくっと唇を噛んだ。

一歩足を踏み出すたび、ごつっとした違和感が内側をえぐった。立ち止まってしゃがみこんでしまいたいのに、人の流れも藤澤くんも、それをさせてはくれない。

「ふ、ぁ……もう、……もう……」

抜いて、と言おうとしたとき、彼の足がぴたりと止まった。高級そうな店が集まる通りの一角、テレビや雑誌でもよく見る有名ブランド店の前だ。一休みさせてもらえるらしい。そう安堵しかけたのも束の間、そんな考えはあっさりと否定された。

「芽衣。ちょっとここ、入ってみよっか」

「えっ……！」

「あんまり突っ立ってると、変に思われるよ」

言うが早いか、藤澤くんは私の手を引き店のドアをくぐった。入ってすぐ、店員が笑顔で出迎えてくれる。店内には香水のものなのか、いかにも大人の女性をイメージさせる香りが漂っている。上品で、優雅な雰囲気。自分ひとりでは、こんな場所は絶対に来ない。ただでさえ引け目を感じるというのに、いまの状況ではなおさらだ。肩を縮こまらせ立ち止まっていると、藤澤くんは優しくエスコートするように私の手を引いた。

よろつく足でついて行った先は奥の陳列棚で、彼はハンガーにかけられた服を取っては私の前身にあてがい、どうやらなにか見繕ってくれているようだ。

「んー……これは派手。これはちょっとイメージと違うか」

「あ、あの……」

「あ、これが似合いそう」

そう言って選ばれたのは、ショコラ色のワンピースだった。ノースリーブの肩には綺麗にリボンがあしらわれ、ぱっと見は半袖のようだ。今日着ている黒のタートルネックのニットとも相性が良さそうな、ツイードの生地。背中は大きく開いていて、ウエストからファスナーが伸びている。可愛い服だと思う。けれど普段着にするには華やかすぎて、自分ではまず選びそうにないタイプの服だ。

渡されたハンガーを手にどうすればよいか考えあぐねていると、藤澤くんはぽんと私の肩を叩いた。

「お店の人に頼んで、試着してみて」

「……え?」

いまのこの状態では店員と話すことも、試着室まで行くことも、途方もない勇気が要る。視線を泳がせおろおろとしていると、藤澤くんは残酷なほど爽やかな笑顔で店員を呼んだ。

「すみません、これ試着させてください」

「はい、かしこまりました。お品をお預かりします」

品のいい笑みを浮かべて女性が近づいてきたとき、おもむろに彼はポケットに手を入れた。まさか――と青ざめた私を嘲笑って、体に埋められた玩具は振動をはじめた。

「っ……！」

「試着室はあちらです。どうぞ」

「……は、はい」

ぞわぞわと全身が粟立つ。恨みがましい目で見ると、彼はなにくわぬ顔で「行ってらっしゃい」と手を振った。

機械的な音は聞こえないものの、絶え間ない振動は骨まで響いた。

周りに気取られないように、変にふらついてしまわないように、そしてなにより反応してしまわないように、できるだけそっと歩く。平静を装おうとすればするほど自然体でいられているかが不安になり、どうしているのが普通なのかがわからなくなる。

なんでこんなことをしているのだろう。なんで私は、黙って従っているのだろう。

一歩踏み出すたび、下腹にとくとくと熱が溜まっていく。ようやく試着室まで辿り着きドアを閉めると、玩具は役目を終えたと言わんばかりにあっさり動きを止めた。

目の前にある大きな鏡を見れば、ほっと一息つきながらも頬を赤らめた私がいた。体の奥にはまだ、ぴりぴりとした刺激が残っている気がした。

熱を持ってしまった下半身から無理矢理意識を剝がして、私は服を脱ぎワンピースに袖を通した。ちょうど着終えたところで、外から藤澤くんの声がする。

「着替えた？」

「……はい」

かちゃ、とわずかに開けられたドアの隙間から、藤澤くんの顔が覗く。

「お、似合う。いいね」

なんと答えればいいかわからず黙っていると、彼はファスナーからぶら下がっていた商品のタグを指先で遊ばせた。

「……この店って有名だよね。街中でもテレビでも、よく見かけるし」

自分とは縁がないけれど、このブランドを知らないという人はほとんどいないと思う。

それがどうしたのか、言われていることの真意をわからずにいると、藤澤くんは私の頰をさらりと撫でた。

「思い出ができたね、芽衣」

そのひと言と意地悪な表情で、彼の意図を理解した。

目の前にピンクの四角い箱が差し出される。彼の指先がかちりとスイッチを入れる。玩具は従順に、振動を再開した。

「前に言ったこと、覚えてる？　記憶に埋めこまれるって話」

「覚え、て……ま、す」

「ここの鞄とか服を見るたび、芽衣はこのことを思い出すんだろうね」

偏執的なその言葉に、ぞくりと震えが走った。

きっと、私は思い出す。馬鹿みたいに単純に、今日の出来事を。繰り返し繰り返し、何度も。この異物感も、そして否定しがたい快感も。玩具が体の内側から私を苛む。秘芽が腫れているのがわかる。もうぐずぐずに濡れてしまっているだろう。

「いかがですか？」

店員の声とともに扉を開けられて、我に返る。

「あ……えっ、と……っ」

「とてもお似合いですよ。お客様の雰囲気にぴったり」

「うん、綺麗だ」

藤澤くんは服ではなく、熱にとろけた私の顔だけを見てそう言った。


結局ワンピースは、思ったより高いから別の機会にと正直に申告され、棚へ戻されていった。その代わり藤澤くんは、いつの間にかアクセサリーのようなストラップを買ってくれていた。最初こそもらう理由がないと断ったけれど、「冷やかしのうえに返品するのはさすがに無理だから」と言われ、私はそれを受け取ることにした。

店を出た足で向かったのは、大通りの裏手にある小さな公園だった。園内には家族連れやカップルの姿がちらほらとあるものの、腰を下ろしたベンチのそばにはサツキの植えこみがあって、ちょうどよく周りからの視線を遮ってくれている。私の右腕には藤澤くんの体が触れていて、なんだか温かい。

どうやってここまで辿り着いたのか、記憶はあやふやだ。私の中にある玩具の振動はすでに止まっているというのに、とろ火で炙られるような感覚がいまだ全身を包んでいる。木製の背もたれに体重を預けていると、藤澤くんは私の頬にかかっていた髪をそっと耳にかけた。

「……目がまだいやらしいままだ」

「だって…………感じ、ちゃいました……。ご主人様が……意地悪するから」

ぼんやり中空を見つめながら答える。脳はすっかり誤作動を起こしているみたいで、慣れない台詞さえもするりと口から零れ落ちた。

そんな私を見て彼は、わずかに表情を曇らせた。

「……なんで、そこまで従うことができるんだ？」

「え……？」

「……ただ淫乱なだけ？」

顔を向けると、藤澤くんは呟き混じりに溜息をついた。そしてあの小箱を取り出し、なにかひとりで納得した様子でスイッチに指をかけた。

「ああ……でもそうか」

「あっ……、ま、待って……！」

「芽衣はもともといやらしいんだった。あんなあり得ない誘いをかけてくるくらいだもんな」

突然電源を入れられて、収まりきらずにいた性感が再燃した。かちっ、かちっ、と一段ずつ振動の強さを上げられるたび、体が熱されていく。

「んっ、ぁ……！　だ、だめ」

両手で藤澤くんの腕を摑む。精一杯の小声で制止しようとした私を、彼は一瞥した。

「駄目って、なにが？」

ちらりと周囲を見渡す。植えこみの隙間から見える、子供連れの家族の姿。談笑する恋人たち。話の内容まではわからないけれど、角度によっては互いの表情がはっきりと見える距離だ。

「こ、こんなところで」

「そう、こんな場所でお前、どんな顔してるかわかってる？　しかもいじめられて喘ぐようなやつの〝駄目〟なんて信用できない」

「そ、んな……だって、これは……っ」

　理不尽な物言いを不服に感じながら、同時に違和感も覚えた。藤澤くんの口調が苛立っているように感じる。見上げた顔には少しの笑顔もない。

「な、なにか、怒ってるの……？」

　思わず尋ねたものの返事をもらえることはなく、振動を最大まで上げられた。

「あ、う……っ！」

　深く突き刺さった棒に内壁を、ぴたりと貼りついた突起に花芯と後ろの蕾を責められる。座っていると余計に押しつけることになると気づいて腰を浮かせようとしたものの、そんな動きはすぐに気取られたらしい。肩を抱かれ体重をかけられたせいで、より一層、玩具と密着することになった。

　はたから見れば、さぞ仲の良い恋人同士に見えるだろう。愛でも囁くように、藤澤くんは私の耳元に口を寄せた。

「そんなに気持ちいい？」

　声が溢れそうになって、私は彼の肩で顔を隠した。いまの顔も、体の奥でむくむくと育ちつつある快感も、誰にも知られたくはない。

　子供のはしゃぎ声が聞こえてくる。穏やかな陽光が射す秋空の下で、私は湯気のような吐息を漏らしていた。

「だ、だって……こんなことされたら、感じちゃう……あっ……！」

ベンチについた手のひらにまで、細かな振動が伝わってきた。

こんこんと湧き続ける高ぶりを抑えようと足を閉じ合わせると、体が玩具を締めつけて、性感がひとりでに嵩を増した。

私は藤澤くんの袖を握り締め、彼に助けを求めた。

「……っ、もう、おかしく、なる……っ！　いっちゃう……！」

「もう？　見てるこっちが恥ずかしくなるよ。ほんとに淫乱なんだな」

「やっ……！　ちが……っ」

駄々をこねる子供のように首を振り、受け入れがたい現実から目を背けようとする。

「淫乱じゃない？」

「ち、がう……っ」

「そっか。違うか」

またスイッチの音が聞こえた。振動は徐々に弱まり、ついには熱すぎる余韻だけを残して完全に止まった。

「ん、ぅっ、……ふ……っ、ふ、ぁ……」

おのずと媚びるような息が漏れた。あと少し刺激を与えられれば達していたところで寸止めされたことに、私ははしたない不平を零した。

「ど、して、止め……」

ぐっと顎を摑まれ、隠していた顔を覗きこまれたかと思うと、再び振動が響き渡った。

「ふあっ、っ……！　ぁ、ッ！　ん、ん……！」

「淫乱じゃないって言うなら、気持ちよくならなくても平気だろうなと思って」

「あぅ……っ！　ぁ……っ、あ、ぁ、また……止ま……っ」

絶頂に向かう波がうねり始めると玩具は動きを止め、熱が過ぎ去る前に動き出す。藤澤くんの指がスイッチを入れたり切ったりを繰り返すたび、刺激を与えられては奪われ、そしてまた与えられた。

すっかり翻弄され、落胆混じりに喘いだ私の唇を、藤澤くんの指がなぞる。

「そんなに欲しい？」

「えっ？　んん……！」

「気持ち良くして欲しい？」

スイッチを切られれば次の刺激を待ち侘び、スイッチを入れられれば、ずっと止めないでと願う。そのくせ、そんな願いはとても口にできない。

答えずにいると、突如強烈な振動に襲われた。

「うあ……ッ!!」

「――芽衣」

いやらしいことをするときだけの特別な意味をこめて、藤澤くんが私の名前を呼ぶ。その声に反応するスイッチが、すでに私の中にはできている。藤澤くんがご主人様になって、私が奴隷になるスイッチ。責められて、堪らない快感が訪れる合図。

「ア！　あっ、あ！　っ、イッ……！」

かちっと小さな音を立てて、玩具は私を真似て沈黙した。

貪欲さを増した蜜路は絶えずひくつきを繰り返していて、私はもう肩を抱かれ押しつけられずとも、自ら深く腰を落としていた。

「芽衣、返事は？」

「……ほ、欲しい、……です」

あたりの景色などこれっぽっちも映さず、私の目はただ藤澤くんだけを見つめていた。まるで皮膚の内側で熱湯がぐつぐつ沸き立っているみたいだ。理性さえ蒸発して、もはや抵抗する理由を探せない。彼の指がスイッチに添えられたのを見ただけで、全身が期待に震えた。

「ぁ……っ！」

「勝手にイクなよ。芽衣は俺の……奴隷なんだから」

振動が体をとろけさせる。藤澤くんが私を「芽衣」と呼び、「奴隷だ」と宣言する。ひとつひとつの単語に脳が侵される。

「や……ッ！　だ、め……、もう……っ!!」

肩に顔を埋め訴えると、玩具はまた段階的におとなしくなっていった。

ああ、止まってしまう。こんなに気持ちがいいのに。あともうちょっとなのに。

「イキたい？」

藤澤くんの指が、あのスイッチを入れる。お願い、もう止めないで。

「……っ、い、イかせて……欲しいです……っ」

私は言いよどみながらもはっきりと、淫らな欲求を言葉にのせた。

「ご主人、さ、ま……！　お、おねがい……します……っ！　イかせてください……！

もう、イキたいです……っ、お願い……！」

あからさまな懇願をすると、眉根を寄せた藤澤くんが荒い息を吐いた。

「……あんまり刺激するな。抑えられなくなるだろ……っ」

彼は親指で私の頬をなぞり、わななく唇に触れた。

体は限界に足を踏み入れていて、もう立ち止まれそうもない。ねだるように彼の手のひらに頬を寄せると、私の喘ぎ声に紛れてかすかな呟きが聞こえた気がした。

「……そんなにしてまで変わって、見返したいのか――」

「だ、め……もう……っ、ごしゅじ、さま……っ！　いっちゃ、う……っ!!」

周りのことを考える余裕など、欠片も残ってはいなかった。

藤澤くんの腕を摑み縋るように言うと、苦しげな表情をした彼の顔が近づいた。

頭を抱き寄せられる。激しく唇が触れ合った瞬間、私はくぐもった絶頂の声を上げた。

唇が離れると、玩具は静かに動きを止めた。

全身を駆け巡った絶頂の波はまだ、ぐるぐると渦を巻いている。頭は冷めず、霞がかったまま。落ち着くまできっと時間がかかる。指を動かすのも億劫で、私は力を抜き藤澤くんの肩に身を委ねた。

隠れるように呼吸を整えているところで背中を抱かれた。甘えてしばらくぼんやりしていると、ふと彼の声がした。

「……佐野」

どうして下の名前を呼ばないのか不思議に思いながら、顔を上げ、首を傾げた。

「……いや、なんでもないよ」

藤澤くんは思い直したように言葉を濁すと、黙って私の頭に手のひらをのせた。

ほんのわずかな違和感が残る。それでも私はただ、唇に残るキスの感触と心地よいその手の温もりに、どこか満たされたような感情を抱いていた。

# 6

嵐みたいな快感に翻弄されたあの日から、藤澤くんからのプライベートな連絡は一通のメールさえ来ることなく一週間が経ち、そして二週間が経った。

月末の繁忙期に突入したこともあって、会社で顔を合わせることも多い。けれど彼の態度は完璧なまでにただの同僚に向けられるそれでしかなく、会話もすべて事務的なものに終始した。

まるで、一切の出来事をなかったことにされているようだった。時折見かける笑顔さえ作り物のように感じた。

私の唇には、まだ彼とのキスの感触が生々しく残っている。携帯にはあの日を証明するように、貰ったストラップが揺れている。

やはりなにか怒らせるようなことをしたのだろうか。それともいよいよ、軽蔑されてしまったのか。

キーボードを叩き、毎月恒例の社内報の仕上げに取りかかっていると、マナーモードにしていた携帯電話が鞄の中で震えているのに気がついた。

もしかして、と急いで携帯を見る。

『久しぶり、元気？』

届いていたのは、四ヶ月前に別れた元彼からのメールだった。

『このあいだ、街で芽衣のこと見かけたよ。それで、元気かなと思って』

どきりとする。あの人混みの中に見つけた姿は彼で間違っていなかったらしい。けれど一体、どの場面を見られたのだろう。

『今夜さ、飯でも行かない？　ちょっと話したいことがあるんだけど』

完全に忘れられてはいなかったのだと、一瞬だけ気持ちを揺さぶられた。同時に、いまごろになってなんだろうと疑念も湧く。どう返そうか、指先も彷徨うばかりで答えが出ない。携帯の画面をいったん閉じ、鞄に戻した。

振られた相手からの連絡にあっさり揺れ動かされたことが、なんとも情けなく思えた。溜息をつきつつ、印刷した資料を取りに向かう。フロアの隅にあるコピー機まで行くと、突然目の前を書類の束で遮られた。

「おーい、佐野ー」

「えっ？」

はっと顔を上げると、苦笑いを浮かべた藤澤くんが立っていた。

「三回も呼んだのに気づかれないなんて、ちょっと恥ずかしいんだけど。いま忙しかった？」

「あ！　ご、ごめん」

「なにぼーっとしてるの？」

その質問に答えるには場所がそぐわない気がして、咄嗟に誤魔化す。

「ううん、聞こえてなかっただけ」

「ん？　なんかあった？」

「なにも、ないよ」

「そうは言われても。なんでもないって顔はしてないように見えるけど」

「……えっと……」

ちらりと周囲に視線を配る。菜月ちゃんはパソコンを凝視していて、上司も先輩も忙しそうだ。誰もこちらを見ている気配はない。

「……じつはさっき……元彼から連絡があって。……今日、会わないかって」

こっそりと答えたものの返事はなく、聞こえなかったのかと思ったころ、ようやく彼は口を開いた。

「……廊下で話そっか」

「……あ、うん」

フロアを出たあと、彼の背中について非常階段へと続くドアをくぐった。薄暗い空間に響いていた靴音は、階下に向かう途中の踊り場で止まった。

藤澤くんは手すりに寄りかかり、おもむろに切り出した。

「一応……これはアドバイス。男が別れた恋人に連絡するのって、ほとんど下心があるからだと思うんだよね」

「……下心……？」

「単純によりを戻したいとか、あわよくばもう一度体の関係を持ちたい、とか。だからもしあっちから、彼氏できた？　なんて聞かれたら、彼氏はいないって答えてみて」

このときになってようやく私は、藤澤くんが元彼を見返すためのアドバイスをくれているのだと気がついた。

――佐野が元彼を見返すことができたり、よりが戻るまでという条件つきの関係で。

秘密の関係を始めるときに交わされた条件を思い出して、なぜか心がざわついた。

いままで、改めて考えたこともなかった。もしもその条件が満たされたとしたら、この関係はどうなるのだろう。

「彼氏は、って……意味深な言葉だね」

「少しくらい駆け引きしないと」

駆け引きをして、もし元彼を見返すことができたら。万が一、よりを戻すことができたら。

——去る者追わず。

藤澤くんが口にしていた通り、この関係はなんの後腐れもなく終わるのだろうか。私は経験を積み、変わるために。彼は性癖を満たし、愉しむために。そんな互いの利害を計算したうえでの、割り切った関係。

私も最初、それを望んでいたはずだ。

「……うまくやれるかな」

「大丈夫だよ」

私が俯いたまま零すと、藤澤くんはポケットから携帯を取り出した。

体に腕を回される。後ろから抱きすくめられると、背中がぴったり彼の胸についた。

こちらに向けられた画面に、バーでの動画が再生された。

「見たよね、これ」

切なげな顔をして、とろけた喘ぎ声を漏らしている私の映像。音声は絞られてほとんど聞こえないけれど、画面からみだりがましい雰囲気が滲み出ている。

「これ見て、自分でどう思う？」

「い……いやらしい……」

「そうだね。いかにも感じてる顔してて、すごくそそられる」

紅潮して熱くなっている耳朶に、囁き声がかかった。

「ちゃんと、男から見て魅力的。ほらこの顔も。ものすごく興奮する」

藤澤くんが画面の中にいる私の唇をそうっとなぞった。彼の指の感触を思い出した体がふるっと震える。気づかれないよう、ことさらゆっくり息を吐き出した。

「最初に……変わりたいって言ってたのはさ、きっと、自信をつけたいって意味だったんだと思う」

「自信……」

「これでもまだ、不感症だって言える？　触られて、少しも感じなかった？」

何度か首を振ると、藤澤くんは私の頭を優しく撫でた。

「キスもセックスもしないなんて約束、しなきゃよかったたって思ってた。ちゃんと〝そそる女〟だったよ。まぁ……我慢できずにキスはしちゃったけど」

「……う、うん」

抱き寄せられて交わしたキスは、激しいのに柔らかくて、心が溶けそうなくらい熱かった。そんな約束などどこかに吹き飛んでしまうくらい、どきどきした。

「――でも、俺の出番はここで終わり」

「え？」

携帯を見ると、先ほどまで再生されていた動画が削除されようとしていた。

『削除しますか』というメッセージに、『はい』が選択された。すぐさまデータは消え失せ、

『削除しました』というメッセージだけが画面に残った。

ずきんと一瞬、胸が痛んだ。

「こんなもの俺が持ったままだと怖いだろ？　佐野が持っているデータも消していいから」

これまで私から彼に送ったメールも削除され、藤澤くんの携帯から私たちの関係を示す証拠はなくなった。

背中を向けているせいで、彼がどんな顔をしているのかは見えない。振り返って確かめるのも、なぜだか怖くてできない。黙ったままでいる私に、彼は明るい口調で言った。

「しっかり相手の目を見て、笑って、言えなかった気持ちを全部伝えてきたらいい。佐野なら大丈夫。頑張れ」

そう言って藤澤くんは励ますように私の肩をぽんと叩くと、表情を見せることなくその場をあとにした。

肩がやけに重たい。得体のしれないもやもやとした感情が、胸の中でふくれ上がっている。靴音が遠ざかり、廊下に繋がる重厚なドアが、バタンと大きな音を立てて閉まった。

これで藤澤くんと私の不埒な関係は、綺麗さっぱり解消された。もう命令なんかに従う必要も、脅されるような心配もない。あとは最初に願っていた通り、元彼に会いにいけばいいだけだ。

それなのに私の胸はずきずきと、次第にその痛みを増していた。

付き合っていたころよく行った居酒屋で元彼と向き合うと、まだ四ヶ月しか経っていないというのに、ずいぶんと長いあいだ会っていなかったような気がした。

久しぶり、と笑いかけられても、元気だった？　と尋ねられても、うまく笑顔で返せない。お互いに会社帰りに会うというシチュエーションもあの当時とまるきり一緒で、彼の変わらない態度にも、また一層心を乱された。職場の上司の愚痴、友達と遊びに行った話、飲み会での出来事。彼から出される話題はどれも付き合っていたときと同じもので、私はうわの空で相槌を打っていた。

テーブルに運ばれてきた料理はほとんど減っていない。自分の頼んだカシスウーロンにも、ほんの少し口をつけた程度だ。一方彼はといえばやけに饒舌で、すでに二回、ジョッキのビールをおかわりしていた。

賑わっている店内で、自分ひとりだけがタイムスリップをしたように感じられて現実味が湧かない。彼のにこやかな笑顔に、既に別れているという認識が邪魔されているみたいだ。

彼は傾けていたジョッキを置き、窮屈にでもなったのかネクタイを緩めた。

「ところで芽衣、もしかしてもう新しい彼氏ができた？」

「え？」

小鉢につけていた箸を止める。質問の意図はわからなかったけれど、端的に答えた。

「……彼氏は、いない」

「なんだそれ。彼氏は、って」

藤澤くんの助言通りに答えたものの、そのあとはどうしたらいいものか悩む。

予想外の返答だったのか、彼は苦笑いしながら頬杖をついた。

「じゃあ、別れてからはどうしてた？　元気にしてるか、本当は気になってたんだよね」

「……ヤケ酒したり、いつもしないようなことしてたかな」

「芽衣が？　意外だなぁ」

ははっと笑われて返事に困りながら、間を持たせるようにして料理を口にした。

頭の中ではひとりでに、振られて以降の出来事が再生されていた。

別れを告げられることになった、彼からの最後の電話。つまらないと言われた自分を変えたくて、私は藤澤くんを誘惑した。そのあとのことは、いままでの経験とはまるで違う温度と鮮明さで記憶に刻まれている。

――しっかり相手の目を見て、笑って、言えなかった気持ちを全部伝えてきたらいい。

頭の中で声がした。

私は顔を上げ彼の目を見て、にこりと笑ってみせた。

「……あのままじゃ駄目だと思って、変わろうとしてたの」

「変わる？」

「言ってたでしょ？　私のこと……つまらないって。だから変わりたくて……別れてからは、いつもしないようなことをしてた」

「……ふぅん。いつもしないようなこと、ね」

なにか思わせぶりな笑みを返されて、私は心を見透かされないようそっと瞼を伏せた。

いつもしないどころか、決して尋常とは言えないことをしていた。縛られて、執拗に責められて、玩具を入れて街を歩いたりもした。あられもない喘ぎ声を上げて、何度も絶頂を迎えた。

密かに腕を抱き、快感を思い出して震えそうになった体を隠す。

彼は空になったジョッキを店員に渡すと、おかわりを注文したついでとばかりに口を開いた。

「芽衣さ、本当は男がいるだろ」

「え……？」

「このあいだ、街で見かけたとき一緒にいたやつだよ」

思いがけない指摘だった。やはりあのとき、藤澤くんといるところを見られていたのだ。

彼は頬杖をついたまま料理に箸を伸ばし、くつくつと笑った。

「彼氏はいないなんて、変な嘘つくことないのに」

真相を探るように覗きこまれる。居たたまれなくなって、私は本当のことを答えた。

「彼氏じゃないよ。あの人は、会社の同僚」

「ただの同僚と休日に遊ぶ、か。芽衣らしくないなぁ。それとも少しは遊べる子になったってことかな」

見返したいのならここで軽く、そうねとでも笑えばいいのだろう。彼とやり直したいのならば、寂しくて独りではいられなかったのだと訴えればいいのかもしれない。あちらから興味を持ってくれているいまが、絶好の機会だ。

それなのに、彼の微笑みにぞくりと寒気を覚えた。

「ごめん……ちょっと、お手洗い……行ってくるね」

理由のわからない悪寒から逃げるように、私はいったん席を離れた。

用をすませ洗面所で手を洗っているあいだ、自然と溜息が漏れた。どうしても、戻ろうとする足が重い。

この場に居続けるわけにもいかなくてドアを開ける。するとすぐ目の前に、狭い通路を塞ぐようにして彼が立っていた。

「……どうしたの？　お手洗い？」

「ん？　まあ、うん」

軽い口調で言うと、彼の腕が突然、私を壁に押しつけた。

「えっ、なに⁉」

驚いて目を見開く。店内の喧騒から少し離れているとはいえ、いつ人が来るとも限らない。うろたえながら至近距離に迫った顔を見上げると、彼はにやりと口角を歪めた。

「ねぇ芽衣。あの日一緒にいた男とは、もうやった？」

彼の口元から、アルコールの匂いが漂っていた。腕を掴む手の感触には、懐かしさというより違和感に近いものを覚えた。

鼓動を速める心臓を必死になだめながら、乾いた唇から絞り出す。

「や……やったって、なにを」

「決まってるでしょ。セックスだよ」

「……して、ない」

「んー？　本当に？」

「してないよ」

嘘はつかなくてもいい。藤澤くんが、もしも元彼と再会したとき、後ろめたさを感じなくてもいいようにしてくれたから。

髪に潜った彼の指先が、うなじを撫でた。

「怪しいなぁ。だってさ、街で見たときの芽衣の顔、やけに色っぽかったんだよね。思いっ切りオンナの顔してたけど、あれ、本当にただの同僚？」

彼は私の耳元で、からかうように笑った。

私は近づいてくる足音に我に返ったふりをして、精一杯顔を背けた。

「ひ、人が来ちゃうよ」

「彼氏じゃないなら、もしかしてセフレ？　俺も芽衣と遊びたいな」

意外なことに、彼の方から誘ってきている。望んでいたはずのチャンスだ。自分の本音も、少しは正直に口にできるようになった。わずかだけれど自信も持てた。別れたころと比べて、私は変わったはずだ。

だから、いいよと頷いて彼についていけばいい。そしてそれから、と彼に抱かれる自分を想像した瞬間、全身に鳥肌が立った。

「芽衣の真面目なところが重かったけど、いまはだいぶ変わったみたいだし。……ねえ、俺とやり直さない？」

言うなり彼は私の顎を摑み、上を向かせてキスをした。笑みを残したままの唇が、ぴったりと触れてくる。

私は、この人を見返したかった。振られた自分から変わって、そして愛されたかった。本気で求められて、必要だと言われたかった。

けれど、こんなお遊びみたいなキスなんて欲しくはなかった。私が欲しかったのは、藤澤くんにされたような——。

「……嫌……離して」

私は腕を突き出し、彼から離れようとした。

焦がれたはずの腕に抱き締められたというのに、胸が高鳴らない。キスだって、ちっとも嬉しくない。

「冷たいこと言うなよ。お前も寂しかったんだろ？　俺も、寂しかったよ」

再び顔を寄せられたとき、私は自分が本当に変わっていたことに気がついた。

藤澤くんに持ちかけたあの選択は性急で、間違いだったかもしれない。それでも私は変わった。望んだ通りの自分になれたのかはわからなかったけれど、確実に、元彼を見返したいと思っていた私ではなくなっていた。

体には藤澤くんが作ったスイッチがそこかしこに埋められていて、頭には、忘れられない記憶がたっぷりと詰まっている。射抜くようにこちらを見つめる彼の視線。頭を撫でてくれる優しい手のひら。私の名前を呼ぶ、あの声。

「な？　芽衣」

首筋に触れた唇の感触に、心が折れた。

この人は、違う。

元彼を見返したいと思っていた気持ちも、あんなに恋しく思っていた気持ちさえも嘘であったかのように、嫌悪感だけが大きくなっていた。

「……やり直せない」

彼が、不機嫌そうに顔をしかめる。

「なんで？　もう俺のこと、少しも好きじゃない？」

「……いま、触られて嫌だと思ってるから」

私が勇気を出して口にした拒絶にも躊躇うことなく、彼は挑発するような表情で顔を近づけた。

「なんだそれ。それともなに？　やっぱりその同僚とデキてんの？」

「……違う。でも――」

再びキスをされる直前、私ははっきりと、自分がいま誰のことを一番に想っているかを思い知った。

この気持ちが正しい恋愛感情なのかわからない。普通じゃないことだけは確かだ。だけど、たとえ縛られてもいいと思えた。玩具のように弄ばれても、責められてもいい。藤澤くんに見つめられて、そして名前を呼んで欲しかった。

「芽衣？」

「……呼ばないで」

激しい違和感に襲われる。目の前には三年付き合った彼の姿がある。その声も数えきれないほど聞いていたはずなのに、なにかが違うと思った。

この声では、私のスイッチは入らない。

「私の名前、呼ばないで」

こつこつと足音がして見れば、通路の先に迷惑顔をした客の姿があった。気まずそうに彼の体が離れた隙に、その腕からすり抜けた。

深呼吸をするように息を吸いこんで、きっぱりと言った。

「帰るね」

手の甲でぐいっと唇を拭った。

再び名前を呼ぶ声が背後から聞こえたけれど、私は席の上に数枚お札を置くと、振り返ることなく小走りで店をあとにした。

# 7

駅からの道に迷ったせいだろう。曖昧な記憶を頼りになんとか藤澤くんのマンションまで辿り着いたころには、少し息が上がっていた。

エレベーターに乗り、玄関ドアの前で立ち止まる。グレーの扉の向こうからはなんの音も聞こえず、家の主がいるかどうかもうかがえない。それに私の膝は震えていて、思わず苦笑した。勢い任せにここまで来てしまったけれど、インターフォンを押す決心がつかない。

まずは呼吸を落ち着かせようと深呼吸しかけたとき、ガチャッと勢いよくドアが開かれた。

「えっ⁉　あっ、あの……！」

「うわッ！　えっ、佐野⁉」

そこには私と同じ、心底驚いたという顔があった。いきなり扉が開いたせいで鼓動がばくばくと激しく打つ。

「その、えっと……ごめん、突然家にまで来て。あの……もしかして出かけるところだった？」

「いや……そんなことより、どうした？　飯、食べに行ったんじゃなかったっけ……？」

びゅうっと吹きつける夜風で乱れた髪を直しながら、大きく息を吸いこむ。

「それなんだけど……あの、じつは……逃げてきちゃった」

「逃げたって、どういうこと？　ああ、それより部屋に入って。冷えるから」

「でも、出かけるところだったんじゃ……」

「いいんだ。佐野に用があったんだから」

「私に？」

「……いいから」

手首を掴まれ、室内へと引きこまれた。慌てて靴を脱ぎワンルームの部屋へ入ると、そのままソファーに座らされた。

「それで、逃げてきたってどういうこと？」

「えっと……」

藤澤くんが、私と目線を揃えるようにして床に腰を下ろした。私はところどころ言いよどみながら言葉を繋いだ。

「元彼から、遊ぼうって……やり直したいとも、言われて」

「……うん。それから？」

先を促され、消え入りそうな声で答える。

「さ、触られたり……キ……キスも、された。でもそれが、全然嬉しくなくて。それで」

「嬉しくない？」

「……嫌だと思った。触られたくなかったし、名前、呼ばれたくもなかった」

ぽつりぽつりと零しながら目を上げると、神妙な面持ちで耳を傾けてくれている彼の顔があった。応えるように、自分の気持ちを正直に告げる。

「私、あの日からずいぶん変わっちゃってた。元彼に会いたくて、見返したくて、やり直したいって……思ってたはずなのに」

そのどれもが、いまの私には存在しない感情だった。

自分をひどく軽薄なものに感じる。それでも、堪らなく嫌だと思ってしまったのだ。元彼を恋しく想っていた気持ちは、私の中からはすっかり消え去っていた。そして代わりにできていたのは、藤澤くんに作られたスイッチだった。

しばらく耳に痛いほどの沈黙が流れたあと、藤澤くんは改めてこちらを見た。

「……あのさ、佐野。聞いて欲しいことがあるんだ。映画に行ったときに言おうと思ってて……言えなかったこと」

「なに……？」

尋ね返すと、彼は深く溜息をついて頭を掻いた。

「佐野とのこと。最初の夜は……ほとんど酔った勢いだった。正直、遊びだった。でも——」

息継ぎさえ聞こえる静けさの中、私は彼の言葉に耳をすました。

「……佐野は流されてるだけだったかもしれないけど、俺は……どんどん佐野に溺れていってた」

握り締めた手のひらがうっすらと汗ばんだ。目を丸くした私を見て、藤澤くんは困ったような笑顔を浮かべた。

「忘れられない出来事はその人を変えるって言ったの、あれ、本当は自分のこと」

ふいに彼は手を伸ばし、私の手のひらを握った。肌が触れ合う感触に、じわりと胸が温かくなる。

「前に俺が、人に執着したくないって言ったの、覚えてる？」

「……うん」

「本当は違う。……欲しい人はすべて自分のものにしないと気がすまないし、独占欲も強い。でも、性癖も含めて受け入れられることなんていままでなかった。だからもういっそのこと、なにも望まないようにしてた」

「……諦めてたんだ」

「そう。ただ、だからってすごく我慢してたってわけでもなかった。本心から欲しい相手なんていなかったから」

彼の手に、ぎゅうっと力がこもった。こちらに向けられた視線が熱いものに変わった気がして、思わず息を止めた。

「だけど……佐野のことは欲しくなってた。みっともない嫉妬までしたし」

「嫉妬？」

「バーで……佐野が叩かれたときも、街で元彼を見かけたって言われたときも。特に街でのことはものすごく苛ついた。俺と一緒にいるのに、佐野には他の男が入りこめる隙間があるんだなって思ったら……そんなもの全部、消したくなった。だからつい、玩具使って連れ回したり……」

あの日、どこか不機嫌だと感じた私の勘は正しかったらしい。

「どれだけ嫌がられたとしてもそれでよかった。その分、俺のことを忘れられなくなるはずだから」

連れこまれたトイレ。体内に埋まる異物の感触。数時間にも満たないあいだの出来事とはいえ、あんなこと、忘れられるはずがない。

「もし佐野が他の男のところに行ってしまっても、いつまでも俺を思い出させたかった。絶対に忘れられないようにしてやりたかったんだよ」

「……そ、そんなに？」

私に溺れているという言葉を、私は半信半疑で聞いていた。急に言われても実感が湧かないという方が近い。

私が正直な感想を口にすると、藤澤くんはふっと呆れたように笑った。

「佐野は自分のことを過小評価しすぎ。さっきは俺、佐野のこと取り返したくて探しに行こうとしてたんだよ」

驚いて顔を上げると、思いのほか彼の顔はすぐそばにあった。公園でキスを交わしたときと、同じ距離。

「よく考えたら、どこにいるかもわからないんだった」

「でも私、ものすごく馬鹿だよ……。見返したいなんて、まったく意味のないことだったのに。……ごめんなさい」

謝ると、彼は私の腰に腕を回した。互いの体温を感じるほど体が近づく。

「元彼のことは……もういいんだよね」

「……うん」

「じゃあ、佐野はなんでここに来た？」

「……わからない。でも……藤澤くんに会いたいと思ったの」

藤澤くんに触れている場所がひどく熱い。

曖昧な答えを聞いた彼は軽く苦笑いして、ぐっと腕に力を入れた。引き寄せられたせいで上半身が倒れ、座っている彼にもたれかかる。抱き留められると、それだけで胸が締めつけられた。

「俺も甘いな。会いたいって言われただけでこんなに嬉しいなんて」

「……会って……藤澤くんに名前、呼ばれたかった」

「名前？」

「……あのときだけ私のこと、〝芽衣〟って……」

真っ直ぐに目を合わせて、熱のこもった声で呼ばれたい。呼ばれればきっとあのスイッチが入って、心も体もとろとろに溶けて満たされるから。

願いが通じたのか、藤澤くんは両手でそっと私の頬を挟んだ。

「――芽衣」

指先で撫でられる。幸福感にも似た感情がとくとくと腹の底に溜まっていく。うまく声にならない代わりに、じっと彼を見つめた。

「芽衣を、俺の恋人にしたい」

「……うん」

告白の言葉は、驚くほどするりと心に染みこんだ。火照っている私の頬をさすりながら、彼は自嘲気味に続ける。

「……でもごめんな。俺はこんなだから、恋人っていうだけじゃ全然足りない。芽衣を俺の……奴隷にしたい」

ぞくんと背筋が震えた。

「俺だけに反応するように……俺だけの芽衣にしたいんだよ」

嘘も誇張もなく、心の底から求められていることが痛いほどに伝わってくる。私は堪らず手を伸ばすと、彼の頬に手のひらを添えた。

「私……そういうことよくわかってないけど……でも少し、仲間になってる気はする」

「知ってる。スイッチ、もうできてるよね」

「え？」

「いじめられて、感じるスイッチ」

その証拠を探して、藤澤くんは私の目を覗きこんだ。否定できずにいると、耳元で切なげな声が宣言した。

「もう限界。芽衣……抱くよ」

決して嫌なわけではないのに鳥肌が立ち、寒くもないのに震えが走った。

返事をする前に体は抱きすくめられ、そのまますぐ後ろのベッドへと押し倒された。どさっ、と布団に身が沈み、あの夜も感じた彼の匂いに包まれた。

唇をぴったりと重ねられて、呼吸もままならない。わずかな隙間から舌が潜りこみ、口内を蠢いた。

「ふ……っ……」

ぬるりとした感触に鼓動が速まる。自分から口を開け迎え入れることを躊躇っていると、唇の端に親指を挿し入れられた。

「ンッ……？　ア……っ！」

奥まで届いた指が、唇を閉じることを許さない。口の中をくまなく蹂躙していくような激しいくちづけに、私は悲鳴を上げた。

「ち、窒息、しちゃ……っ」

「これまでさんっざん我慢したから」

藤澤くんはにやりと笑い、服の上から胸に触れた。軽くのせられただけだというのに呼吸がぎこちなくなる。

布地を引っ掻いていた彼の指先が、ふくらみの頂点をかすめた。

「……っ」

「ここ？」

場所を確かめるようにまた掻かれたと思ったら、手は乳房をぎゅうっと摑んだ。鈍い痛みに軽く顔を歪めていると、胸元に顔を寄せた彼が言う。

「これも覚えてる？　服の上から噛むって言ったの」

「えっ……」

心の準備が整うのを待ってくれることはなく、藤澤くんの口は服に隠れた乳首を含んだ。

「ン……ア……！」

かりっと歯を立てられると腰が跳ね、息が弾んだ。柔肉を絞るように掴まれ、強く、弱く、何度も噛まれた。そのたび吹きつけられる吐息は布地を抜け、素肌を熱くした。

身をよじって彼の肩を押しのけようとしていたけれど、噛まれるほど、私の腕からは力が抜けた。

くすっと笑い声が聞こえる。

「……それにしてもほんと、いままで俺、よく我慢できたと思うよ。優しくできたし」

「やさ……しい……っ？」

「芽衣の中に俺のスイッチを作ろうと思ってたから、ぎりぎりまで優しく」

どう考えても藤澤くんは、私の知っている限界よりも意地悪だった。同意できずにいる私にはお構いなしに、彼の手は服と一緒に胸の先を摘まんだ。

「あっ……！」

「でも気づいたら……逆に、俺の中にスイッチができてた」

ブラウスが唾液で透け、卑猥さを際立たせていた。

布越しの刺激はじれったいようでいて的確で、指先に捏ねられた先端からは、ずくんずくんと脈打つような疼きが全身へと運ばれていった。

「それを芽衣がしょっちゅう押すから、我慢するのはひと苦労だったんだよ」

どこか愉しそうな顔がこちらを向いていた。

自分の中にそれができた自覚はあるけれど、藤澤くんも同じだったのだろうか。どぎまぎしているうちに彼の手はスカートを捲り、ショーツのふちに触れた。

「芽衣のさ、そういうちょっと不安そうで怯えた顔見るたびにスイッチが入る」

「ス、スイッチ……って?」

足のつけ根、布の脇から忍びこんだ指は、逃げる間もなく蜜口に潜った。

「えッ⁉　ア、あうっ……!」

咄嗟に体を引こうとしたけれど、巻きついてきた腕に邪魔された。まだ馴染んでいない隘路を行き来しながら、指は深度を増していく。じりじり奥へと進んでいって、腰が砕けそうになる。

「アッ……!　や、やっ……!!」

「芽衣をいじめたい。めちゃくちゃに壊したい。支配したい。犯したい。絶対に逃がしたくないって。自分でも持て余すくらいに」

熱っぽく言われて、ぐらりとめまいがした。

――逃げられないくらいに求められるって……ちょっと、ドキドキしません?

バーで出会ったあの女性の言葉。私は心の中で幾度も頷きながら、少しだけ訂正を加えた。どきどきする。それは間違いない。けれど、ちょっとどころじゃない。

倒錯しはじめた思考が藤澤くんの声に共鳴する。藤澤くんにならいじめられたっていい。壊されるくらいに、逃げられないほどに、求められたい。

「もうこんなに濡れてる。服脱がされる前でも濡れるんだって、その男に教えてあげたら？」

ぐぢゅっと耳を疑いたくなる音を聞かされて、私は必死にかぶりを振った。

「い、わな……っ！　絶対、誰にも……！」

「そうだね。他の奴らに色っぽいとか思われるの、俺、もう許せそうにないし」

いったん抜かれたかと思うと、ショーツを脱がされ再び秘裂に指を添えられた。わずかに押しこまれた感触がさっきよりも太い気がして、思わず彼の手首を摑む。

「あッ……！　ちょ、っと、待って……！　ふ、増やさない、で……！」

「だから、そういう顔だって」

「ヤッ……ア……！」

ささやかな抵抗も空しく、体の内側からぐずずっと湿った音が聞こえた。

ただ指が中にあるだけなのに、息は切れ涙が出そうになる。何本の指が埋められたかわからないけれど、そこはきついほど窮屈で、ほんの少しの動きにさえ反応してしまう。

「誰にも教えてやらない。芽衣のスイッチの場所は俺だけが知ってる。俺だけがスイッチを入れることができる。そう思うと……ぞくぞくする」

「ンッ……!!」

「ああ、芽衣もぞくぞくするんだ。ここ、締めつけてきた」

もう片方の指が器用に、ブラウスのボタンを外した。そしてすべてを外しきらないうちにブラジャーをずらすと、藤澤くんは胸に顔を近づけた。

はしたない予想をした私の体は、きっとまた彼の指を締めつけただろう。

「あうっ！　い……っ」

歯の当たったところがじんじんと疼いた。犬歯の先端が皮膚に食いこむと、ちりっとした痛みが走った。

「直接は痛いかもね。だったら……これは？」

そう言って、彼は硬くなった蕾に舌をのせた。

絵筆で唾液を塗すような優しい感触。歯を立てられたときの、ぴりぴりとした痛痒さ。

正反対の刺激が交互に与えられると、そのどちらが大きいのかさえわからなくなって、無意識のうちに声が出た。

「……っふ」

「芽衣、答えて」

「そ、れは……っ、きもち、いい」

ふいに、ぬかるみに埋まったままでいた指を動かされる。

「んッ……あ、あ……！」

「ここ、ヒクついて誘ってくる。こっちも弄れって」

「誘って、なんか……ッ！」

言葉は途中で途切れた。濡れそぼった粘膜を内側からなぞられ、嬌声に変わる。同時に胸を苛まれて勝手に腰が浮いた。

まるで底のない快楽の沼に足を取られたみたいで怖くなる。思わず藤澤くんの体にしがみついたけれど、彼は乳房に赤い痕をつけ、下へ下へと頭をずらしていった。

「あっ……、ま、待って」

「なにを？」

ある予感に襲われて、私は慌てて体を起こした。スカートを捲ろうとしている手を押さえ、なんとか制止しようとしたけれど、腕はびくともしない。

「ずっとできなかったことをしようと思ってるだけだよ。あのバーでも言ったよね」

彼ができなかったことをしようとしているのには気がついていた。だから逃げたのだ。入れられたままだった指がぐりっと内壁を押さえ、閉じようとしていた腿を摑まれた。

「ンッ……！」

「舌で舐めるって、言ったよな」

「だ、だから……っ、逃げて、る」

「いいの？　そんなに抵抗して」

「だ、だって……！」

両手を突き出し彼の肩を押しとどめようとしながら、膝を閉じて何度も首を振っていると、ふいに藤澤くんは体を引いた。

「縛るか」

「え……？」

「じつはあるんだよ、縄。あのバーってそういうのも売ってる。いつか芽衣を縛れたらなーと思って買ってたんだけど……正解だったね」

藤澤くんはベッドから降りると本棚の隣にある棚をあさった。最初の夜、ビニールテープを持ち出した場所だ。

私は捲れたスカートの裾を直し、乱れた襟元を掻き合わせた。身の危険を感じて縮こまっていると、彼は縄の束を手にベッドのスプリングを軋ませた。

「もう忘れた？　手は後ろだろ」

バーで縛られた記憶が思い出される。忘れるわけがない。だからと言って、自分からやすやすと動けるものでもなかった。

返事もできずにいると、藤澤くんは私の体を反転させた。うつ伏せの腰の後ろで両手を押さえられる。

「っ……！　ぁ」

「しょうがないな……優しくしようか。覚えてるだろ？　腕、そのままにしてて」

バラッ、と束が解かれる音がしてすぐ、手首に麻縄が絡みついた。指先が、まだ服を着たままの反対の肘に届く。

これのどこが優しいのだろう。うなだれ、暴挙に耐える素振りをしていると、心でも読んだのか彼は私の耳朶に囁きかけた。

「こうやって力づくだと、無理矢理されたって言い訳を芽衣に与えることになるだろ。嫌がってないことくらいわかってるけど、まだ始まったばっかりだしね」

「う……」

こちらからは藤澤くんの表情は見えない。けれど、きっと笑っているに違いない。

これ以上見透かされたくなくて必死に声を抑えた。胸の下を縄が通るとわずかに息苦しくなって、おのずと鼓動が激しさを増した。たわんでいた縄を引き締めながら、彼は静かな口調で宣言した。

「……いつか芽衣は俺に、縛ってくださいって、自分からねだるようになるんだよ」

じわりじわりと被虐感がせり上がった。ぎゅっと閉じた瞼の裏に、彼の言う情景が浮かんだ。

きっと私は言ってしまう。泣きそうな気持ちになりながら、それでもいつか、懇願してしまう予感がした。

「俺が躾けて、なにが普通かわからなくしてあげるよ」

顔を上げることもできず、私はただその言葉を聞いた。まるで催眠術にかかったみたいに、囁き声に導かれて頭の中身が書き換えられていく。

縛り終えたのか、体をごろりと返された。たぶん真っ赤に染まっているだろう私の顔を見て、藤澤くんはふっと苦笑いを零した。

「……だから、そういう顔するなって」

かろうじて残っていたブラウスのボタンを外され、スカートとショーツも脱がされた。着衣の乱れた上半身は縄に戒められていて、下半身は裸の足が剝き出しだ。あられもない肢体から精一杯目を背けていると、再び縄の束を解く音が耳に入った。たたまれた左足の、足首と腿とにまとめて縄を巻かれる。

「えっ、え……っ?」

「優しくしようとしてるのに、そういう反応されると堪らなくなる」

ぐるりぐるりと何度か巻かれ、端を結ばれた。なすがまま右足も束ねられて、私は立てた膝を下ろすことさえできなくなった。その両足を割って、彼の体が迫り来る。閉じようと力を入れると、筋肉が勝手に縄の締めつけを強くした。

「あ……」

露わにされた下半身に彼の頭が近づくのを、私は見ているしかできない。腫れぼったくなった秘唇を指先に開かれるのも、莢を剝かれた花芯に舌先が触れる瞬間までも、まざまざと見せつけられてしまう。

「ん……！」

ぴちゃぴちゃと粘着質な水音が耳に届いた。味蕾の細かなざらつきが、疼きを増したそこをゆっくりと苛んでいる。唇にしこりを挟まれかりっと歯を当てられると、堪えようもなく腰が跳ね上がった。

鋭すぎる刺激から逃げ出そうとすると、体を押さえつけられて、そのうえ蜜口に指を突き立てられた。

「あ、ゥ……ッ！」

鋭角な責めに翻弄されて、仰いだ天井が揺れて見えた。花芽を舐めることも止めてはもらえず、目の前がばちばちと弾けそうになった。

「は、激しい……よぉ……ッ！」

「悦んでるくせに」

「……ッ！　ア、ァ！」

「クリトリスはぱんぱんに腫れてるし、奥までぐちゃぐちゃ」

激しく動かされた指が卑猥な音を奏で、それを証明する。

「縛られてるのに悦んでる。芽衣の中に、俺のスイッチがある証拠。もっと探してみてもいい？」

嬉しそうなその声が、快楽に霞んだ頭の中で何度もこだました。

腕も、脚も動かせない。一方的に与えられる快感から逃れるすべもない。喘ぎ声を出しながら大きく首を振ると、その指はより強く膣壁を抉った。

「嫌？」

私が彼を喜ばせていることに、小さな自尊心が満たされる。けれどまだ、少なからず羞恥心が残っている。

「よ……ッ、喜んで、もらえるのは、……っぁ、……嬉しい、けど……っ」

「けど？」

「アッ……！　ぅあ……っ、は……恥ずか、しい……ッ」

まともに息もできないくらい、全身どこもかしこも火照っている。神経はめちゃくちゃに乱れていて、内壁は呆れるほど収縮を繰り返している。そうやって悦楽に耽っている自分がどうしようもなく恥ずかしい。

「でも、気持ちいいんだろ」

「ッ……」

「そんな台詞、どっかでも聞いたな」

ご主人様に喜んでもらえるのが嬉しい。そして恥ずかしいけれど気持ちいいんだと告げていた、あのバーで会った女性の台詞。

「気持ちいいんだよな？」

急にご主人様然となった口調が、一瞬で私のスイッチを深くまで押しこんだ。

「あっ、……き……きもち、い……！」

かすれた小声で答えると、彼は私の顎を持ち上げた。

「です、が抜けてる」

充血した靡肉はじくんじくんと、かすかな痛みを伴って疼いていた。まるで指に掻き出されるようにして愛液が溢れてくる。足のつけ根を液体が伝う感触がして身をよじると、絞られるようにしてまたとろりと蜜が零れた。

従順にさせられた体はもう、嬌声の止め方さえ忘れてしまったらしい。返事を促すように最奥を小突かれて、私は彼に従った。

「き……っ、きも、ち……あ、あぅ……きもちい……い、です……っ……ご、ご主人、さま……っ！」

「……いい子だな、芽衣は」

褒めるように頭を撫でられると、他愛もなく胸が高鳴った。もしも私が犬なら、振りきれるほどに尾を振っていただろう。わずかに涙の浮いた目で彼を見つめていると、そっと頬に手を添えられた。

「俺さ……本当に芽衣に溺れてる。可愛くて……いじめたくてしょうがない」

それが、私にはなぜか求愛の言葉に聞こえた。

「……悦んでもらえる、なら……っ」

「……そういうこと言うと後悔するよ」

「えっ……？　ん、あ……っ!!」

ぐっ、とより腿を押し開かれたかと思うと、すでに窮屈だった秘裂にもう一本指を増やされた。数段飛ばしで高みに追いやられ、喉をそらして鳴き声を上げた。

「アッ……！　ま、待って……！　いま、は……ッ!!」

制止を願った悲鳴は、最後まで聞き届けてもらえなかった。

笑みを浮かべた唇が、音を立て莢に吸いついた。舌先に芯を弄ばれると、絶頂に向けて一気に昇り詰めそうになった。

「アァッ！　や、ァ！　あっ!!」

止めようとしても、私の手は背中の下敷きになっている。両足は、はしたなく広げられたまま。涙を流しながら下半身を見ると、藤澤くんと目が合った。

彼はきっと、見逃してはくれないだろう。私の体が手に負えないほどの快感に翻弄され、どんどん貪欲になっていることも。こんな格好で責められているのに、達しようとしていることも。

燃えるような羞恥に追いやられて、私の理性はぱちりと弾けた。

「や、だ……！　いっちゃ……ッ！」

ふいに伸ばされた手に乳房を揉まれ、指先に頂点を嬲られた。上からも下からも、絶頂感が襲い来る。

「藤澤、く……！　わた、し……も、イッちゃ……ッ！」

「藤澤くん？」

「っ……！　ご、ご主人、さま……！」

「それだけじゃなかっただろ。このあいだは自分から言えたのに、もう忘れた？」

彼は体を起こし、蜜に濡れた唇で囁いた。

「イかせてください、お願いします、だろ」

乳房を握られ、先端を口に含まれた。ぢゅうっと吸われるたび靡肉は愛おしげに彼の指を締めつけ、そのすぐ上で熟れている花芯を親指につぶされた。

「いっ……！　か、せっ……！」

「聞こえない」

言葉にならない嬌声が漏れる。反抗心なんて、微塵も抱けない。理不尽なひと言にさえ煽られながら、私は繰り返し懇願した。

「イ、かせッ……て、くださ、い……っ！　お願いします……ッ」

ひと言紡ぐごとに、強烈な感覚に襲われた。ざぶんざぶんと寄せる大波みたいなその快楽の合間に、藤澤くんの満足そうな顔が目に入った。

「よく言えたね。でも……まだ駄目」

「なっ、んで……っ？」

てっきり与えられると思いこんでいた絶頂を、目前で取り上げられる。待てと言われた犬のように、私は切なさに身をよじった。

なだめるようにゆるゆると指を動かしつつ、彼が微笑みを浮かべる。

「自覚がないところ、ほんとそそられるよ。気づいてる？　自分の体がいじめられて悦んでるって」

「あッ……！　指、止めっ……！　だ、駄目、いっちゃ……っ！　あ、あぅ……っ」

「駄目だって言ってるだろ」

私が限界を告げると、指は体から離れていった。脈打つ体を持て余していると、カチャカチャという金属質な音と、ビニールを破くような音が耳に届いた。

「え……？」

瞼を開けると、そこに藤澤くんの体があった。圧しかかられていて、これからどうされるかも自然とわかる。思わずもがいて逃れようと試みたけれど、そのときにはすでに太腿を摑まれていて、彼の先端はぬかるみに頭を埋めようとしていた。

「動けないくせに、なに逃げようとしてるの」

指とは比べものにならない熱くて太い質感が、秘唇を割り開いた。

「ヤッ……！　あっ！　だめ、だめ……ッ」

「なんで？」

「だって……ッ！　もう、イッちゃいそう、なのに……！」

「まだ……イクなよ」

残酷な命令を残して、藤澤くんは私に腰を打ちつけた。根元まで一息に入れられて、頭の回路がパチチッとショートした。

服をほとんど着たままの彼が、縛られた私を抱いている。その光景は倒錯していて、まるで犯されている場面みたいなのに、なぜだかひどく煽情的に思えた。

「や、あぁぁ……！　むり……ッ！　がまん、無理……!!」

「奴隷が勝手にイクなよ。お仕置きするよ」

「あっ、あっ！　だ、って！　こん、なの……ッ！」

迫り来る濁流を止めようとしたところで、縛られた足では全部が無駄な足搔きでしかなかった。力をこめたつもりの両足も、藤澤くんの手でたやすく大きく開かれた。

「主の命令は……絶対。芽衣は、自分で望んで俺の奴隷になったんだろっ……？」

「ンンンンッ‼」

藤澤くんの硬い切っ先が、一番奥をぐりっと押さえつけた。

胸にのせられた手に乳首を弄られる。ぞくんぞくんと全身がわななないて、そのまま臨界へと押し流されそうになる。

「返事は？」

「……ッあぁ！　う……ッ、う、ン……っ！」

「はい、だろ」

腰を摑まれる。抜かれてすぐ叱るように最奥まで押しこまれて、我慢する間もなく一気に絶頂にさらわれた。

「あぁぁあっ！　イ……ッッ‼」

「ッ……」

全身が収縮し、視界が白く飛んだ。

体が震えるのを感じながら、熱いうねりが落ち着くのを待とうとした。けれどそんな私に、穏やかな余韻が訪れることはなかった。

「……イクなんて、誰が許した？」

まだ痙攣を続けていた靡肉が、ごぢゅ！　と信じられないほど淫らな音を立てた。達したあとのひくつきも収まらずにいる隘路に、強引にこわばりを突き入れられる。

「あぁぁっ！　ごめッ、なさ……ッ！　おねが……！　止めて……ッ」

藤澤くんは私の下半身に手を伸ばし、茂みの奥へと指を忍ばせた。花芽のふちをぐるりぐるりと撫でながら、口調だけは優しげに言った。

「お仕置き、するって言ったよな」

「いあぁっ！　だっ、だめ！　待って、待ってくださいっ……!!」

「イクなよ」

腕も足も縛られていて、逃げることは許されない。限界までふくれた秘芯はすぐ指先に捕まって、転がすように摘まれた。

ふいに、喘ぎ続ける口に指を入れられた。舌をくすぐられて目を開けると、藤澤くんは意味ありげな視線を向けながら私に腰を打ちつけた。

私はぐらぐら揺さぶられながら、その指に吸いついた。

「正解。俺がして欲しいこと、よくわかったな。ほら……もっとしっかり舐めろ」

「ンッ！　ふ、ふぁっ……!!　ンンっ！」

腰の動きに負けないよう、精一杯、舌を蠢かせた。そうでもして気を紛らわせていないと、また私だけ達してしまう。

恥じらいを捨てて指を咥え、舌を伸ばし、関節の輪郭をなぞっていると、藤澤くんが思わせぶりに囁いた。

「芽衣。口と下、同時に犯してるみたいだ」

「ンンンンッ！」

自分はとんでもない深みにはまろうとしている。それを受け入れつつあることも、少し怖い。この快楽の、底が見えない。

私の気持ちを写し取ったみたいに、藤澤くんのまなざしが一瞬揺れた。

「……こんな男の彼女になるなんて……大変だな」

見間違えかもしれないけれど、私には彼が不安そうに見えた。次第に愛おしさが溢れてきて、絶頂に流される間際、声を振り絞った。

「ッ、うれ、しい……っ、から、いい……っ！」

「……ほんとに駄目だな……堪らない」

藤澤くんはわずかに顔を綻ばせると、私の体をこれまでにないほど激しく揺り動かした。果てるためのその動きと、時折聞こえる彼の喘ぎ声が、私の性感を容赦なく煽り立てた。

「……芽衣、イけ……っ」

「ふあっ、あッ……!!　い、ア——ッ!!」

待ち望んでいたひと言は、私を限界の向こうへと吹き飛ばした。頬を優しく撫でられ、絶頂に喘ぐ唇をキスに塞がれた。繰り返し打ち寄せていた甘美な波は、やがて大きなうね

りとなって私を包んだ。

眉をたわめた藤澤くんの表情、私の顔をくすぐる彼の荒い吐息、頭を抱く大きな手に、果てる瞬間に漏れ聞こえた切なげな声。すべてに胸を締めつけられながら、私は恍惚の果てに達した。


ほんのり酔っているような感覚の中、私は体に回された腕にゆっくり頬を寄せた。縄に囚われたままの手足が徐々に痺れを増していたけれど、まだ余韻に浸っていたい。

そっと息を整えているうちに、体を動かされる気配がする。顔を上げると、まるで別人みたいに表情を穏やかなものに変えた藤澤くんが、こちらを見ていた。

なにか言った方がいい気がして、ぎこちなく口を開く。

「あの、気持ちよかった……です」

あえて語尾を敬語にすると、藤澤くんはおかしそうに目を細めた。

「もう終わってるから敬語じゃなくてもいいのに」

「……そう……なの?」

「どぎまぎしてる」

「だ、だって……」

そうさせたのは、と口にしそうになって止める。もう終わっていると言われてしまえば、行為の一部始終を鮮明に思い出したところで恥ずかしいだけだ。

目を伏せていると、こちらを気遣うような声がした。

「……そろそろ縄、解こうか。きついだろうし」

どうしてか、解かれるのが惜しい気がした。あと少しなにかが足りない。

そうっと藤澤くんの表情をうかがう。すっかり普段通りに戻った顔の向こうに、かすかな影が隠れているように感じた。

「あのね……その前に、携帯で撮って……」

「え？」

それはちょっとした思いつきだった。今日の出来事を形に残し、彼に持っていて欲しかった。私はただ流されただけじゃない。望んでこうしているのだと伝えたい。

「いままでみたいに、撮って欲しい」

「なにを？」

「いまから、私が言うこと」

怪訝そうにしながらも、藤澤くんはテーブルに置いていた携帯を操作した。

録画開始の電子音が鳴ると、私は不恰好に転がされた状態のままレンズに顔を向けた。

「…………私は……、ふじ……ご主人様、の……奴隷、です……」

携帯をかざしていた藤澤くんが、驚いた表情をした。

誰に強制されたわけでもない台詞を口にして、私はいままでとは違う世界に自ら足を踏み入れる。これはきっと、その証になる。あなただから、こんな関係さえ受け入れられる。あなたには、そんな私の気持ちを知っていて欲しい。

「あと……」

「……なに？」

頭の中から、最後の言葉を探し出す。藤澤くんに知っていて欲しい、一番大切なこと。

「私は、あなたが好きです……」

流れる沈黙でこの一幕の終わりを察したのだろう。藤澤くんは携帯の録画を止めた。

ピピッという電子音のあとで目が合う。彼は少し複雑そうな顔をして、「俺もだよ」と言った。

そばに腰を下ろした彼に、私は続ける。

「普通の好きって感情なのか、よくわからないけど……でも」

「構わない。芽衣が俺の特別になるなら」

「重たいかな、こんなの……」

「いや、俺はすごく嬉しい」

「そのデータ、消さずに、持ってて欲しい」

いつかの藤澤くんの台詞を真似たのだとわかったのか、彼は頬を緩めて私の頭を撫でた。

「これからが楽しみだなー」

「……うん」

「あれ？　はい、じゃなかった？」

「えっ……!?　さっ、さっきと言ってることが違う……！」

藤澤くんの腕が私を強く抱き締めた。笑い声に合わせて体が揺れる。抱きつき返そうとして腕が動かないことを思い出し、唇を尖らせた。

「これじゃ抱きつけない……」

「いいんだよ。俺が抱くんだから」

そう言って降ってきた唇に、私は微笑みを返して瞼を閉じた。


〈END〉

仰せのままに

# 1

ぱらり、と本を捲る音がした。テレビもつけずにいる室内は静かで、ページが繰られるたび、人の気配を背中に感じた。

目の前のローテーブルにはマグカップがふたつ並んでいて、どちらからも湯気が立っている。淹れ直したばかりのコーヒーはまだ熱く、私はそのうちひとつに口をつけ、ゆっくりテーブルに戻した。

カップが着地するのと同じタイミングで、再びページが捲られた。私が背もたれにしているベッドの上で彼が――藤澤くんが、黙々と本を読んでいる。彼は体を横たえ頬杖をつき、来月に迫っているという資格試験の問題集を開いていた。

時折彼がペンを走らせるページには暗号めいた専門用語がひしめいていて、私が見たところでさっぱり理解できないだろう。そんな頭が痛くなりそうな勉強を通勤電車でもしているというから、本人にとっては小説を読むのと変わりないのかもしれない。

一方、私は先日買ったばかりの雑誌を読んでいる。

開いているのはコーディネートの特集ページで、そこには春らしい装いが並んでいた。

軽やかな質感のシャツに、優しい色合いのスカート、きらきら輝くアクセサリーや野花をモチーフにした小物もあって、眺めているだけで気持ちが華やぐ。ついこのあいだまで厚手のコートを羽織っていた気がするけれど、もう三月の半ばだ。窓を見ればレースのカーテンに青空が透けていて、射しこむ陽光が心地いい。さっき外で昼食をとったときも、テラス席にしようかという話になった。今日は風が冷たくてやめたけれど、もっと暖かくなったらいいかもしれない。

雑誌に目を戻し、ページを繰る。ちょうどいいことに、記事がグルメ特集へと変わった。評判だというカフェやレストランの料理はどれも美味しそうで、中でも鮮やかな春野菜が添えられた一皿に食欲をそそられた。グリルで焼かれたハンバーグで、男性客にも人気があるらしい。店の所在地を見てみると、案外近そうだ。住所だけだと正確にはわからないけれど、たまに買い物に行くあたりだと思う。テラス席もあると書かれていた。

私は雑誌を手に、後ろを向いた。

「ねえねえ、藤澤くん。今度このお店に――」

言い終える前に声量を落とす。

いつの間にか、藤澤くんは眠りに落ちていた。よほど眠たかったのか、本を枕にした彼の手にはペンが握られたままだ。考えてみればこんなに明るい場所、しかも私のベッドで眠る彼の寝顔を見たのは初めてで、珍しいものを見た気分になった。

私が藤澤くんと付き合い始めてから、すでに四ヶ月がすぎた。けれど、休日を一緒にすごした回数はまだ、数えられるほどしかない。特に最近の彼はまともな休みもなく働きづめで、こうして週末に会えたのは一ヶ月ぶりだ。昨日も遅くまで残業だったと言っていたから、寝不足なのだろう。

しばらくそっとしておこう。

そう思ったとき、彼の眉間に皺が寄るのが見えた。けれども目覚めるわけではなく、そのまま険しい表情で寝息を立て続けている。もしかして、夢の中でも仕事に追われているのだろうか。

藤澤くんとは同じ会社に勤めているので、彼が所属するプロジェクトの状況も、ある程度は知っている。それも耳に届くのは、トラブル続きだとか客先から予定外の注文をつけられたといった、いかにも厄介そうな話題ばかりだった。

彼の先輩でもある相模さんにいたっては見かけるたびどんどんやつれていて、当然、藤澤くん自身もかなり忙しいはずだ。それなのに私はまだ一度も、彼から愚痴を聞いたことがない。しいていえば、技術者が男性ばかりのせいで徹夜明けの開発室が男臭いと嘆いていたくらいで、それさえどこか楽しげに話す姿を見ていると、彼がどれだけ仕事に打ちこんでいるのかがよくわかった。

ふと、テレビ台にある卓上カレンダーが目に入った。

一枚めくれば四月で、確かイラストは桜だったはずだ。そのまんなかの日曜日は藤澤くんが勉強している資格試験の日。そして、その前日の土曜日は、私の誕生日だった。そのことを、私はまだ彼に言えていない。

自分の押しの弱さが情けなくなる。藤澤くんの忙しそうな様子に遠慮して、言いそびれているなんて。

もういい大人なのだから、当日をひとりですごしたって構わない。その反面、藤澤くんに祝ってもらえたら嬉しいとも思う。それならさっさと伝えればよかったものを、先に試験日を聞いて言い出しにくくなった。このところはメールや電話も短くて、よほど忙しいときは音沙汰が途絶えることもある。そんな相手に、誕生日だから会いたいとは言いづらい。

藤澤くんのことだからきっと、知れば時間を作ろうとしてくれるだろう。惚気でもなんでもなく、そういう人だと思う。だからこそ、負担にならないかが気になった。

寝顔を眺めていると、眉間にあった皺がさらに深まった。いまにもうなされるのではないかと思うほど難しい顔をしている。

さすがに忍びなくて、私は音を立てないよう手を伸ばした。この皺を解せば、いい夢に変わらないだろうか。そろりそろりと撫でてみる。

「ん……」

すぐ手を離したけれど、藤澤くんは一度ぎゅっと目をつぶって双眸を開けた。心底申し訳なくて、私はこちらを見た彼に詫びた。

「ごめん、起こしちゃった」

「ああ、こっちこそ。叩き起こしてくれてよかったのに。けっこう寝てた？」

「ほんのちょっとだけだよ」

ペンを握ったままでいるのに気づいた彼は、それをしおりにして本を閉じた。軽く伸びをして、体を起こす。いつもとは違う、ぼうっとした表情が新鮮だ。藤澤くんはベッドに腰かけコーヒーのマグカップを取ると、ばつが悪そうに頭を掻いた。

「横になったのが失敗だった。気持ちよくて、つい」

「ううん。私も、起こすつもりはなかったんだけど。険しい顔してたから悪い夢でも見てるのかと思って」

藤澤くんを見上げながら、さっきの顔を真似てみせた。すると彼は、夢の内容を思い出したらしい。

「そうそう。めちゃくちゃ怒られる夢見たんだった」

「怒られたって、誰に？」

マグカップに口をつけていた顔がにやりとした。彼の人差し指が、こちらを指す。

「えっ、私に？」

「ものすごく怖かったな。ずっと会えてなかったから、申し訳なくて夢に出たのかも」

「そんなことで怒ったりしないよ。会社でもほとんど見かけないくらい忙しいって知ってるのに」

「確かに会わないね。開発室にこもりっきりだもんなあ」

　普段、藤澤くんたちがいる開発室は、私たちのいるフロアの下の階にある。出社や退社時はエレベーターを使うので素通りすることになるし、いくら私が業務上、技術部門のサポートをしているからといって、開発室に立ち入ることは多くない。それに事務連絡や申請書類の処理はだいたいメールや社内システムの電子決裁で事足りるので、対面でやり取りをする機会は案外、限られていた。

　正直に言えば、それが少し寂しい。

　心の声が漏れ聞こえでもしたのか、藤澤くんが似たようなことを口にする。

「書類もさ、気づいたら誰かが持って行ってくれてるんだよ。せっかく顔を見に行けるチャンスなのに」

「……そんなこと考えてたの？」

　仕事中につまらない雑念を抱いているのは自分だけだと思っていた。私の驚いた様子に、藤澤くんは冗談めかして言う。

「いつでも待ってるから、口実作って会いに来てよ」

それができたらとっくにしている。藤澤くんも、私ができない性格なのをわかっていて、からかっているだけだろう。けれど、会いに来てと言われて悪い気はしない。困惑半分、照れ隠し半分で首を振った。

「無理だよ。藤澤くんたちほどじゃないけど、私もそろそろ忙しくなるし」

「ああ、期末だから？」

「うん。それと年度初めは、それなりに」

言いながら、あまりに素っ気なくなった気がして返答をつけ足した。

「それに、その……顔に出ちゃうと思うんだよね」

「顔に出るって、なにが？」

「藤澤くんと付き合ってること。私、隠しごとは下手だから」

「うちの会社、社内恋愛禁止じゃなかったと思うけど。そう言えば羽柴にもまだ言ってないんだっけ」

そう、言えていない。同期で一番仲の良い菜月ちゃんにも、誰にも。なにかと気にかけてくれる彼女にはきちんと伝えたいと思っている。それでも、告げられずにいる理由があった。

目はすっかり醒めたらしい。藤澤くんは訳知り顔でにこりと微笑んだ。

「どんな表情で隠しごとするのか見てみたいな。今度ためしに言ってみようか。開発室まで来いって」

　返事に詰まって口ごもる。すぐには言葉が出てこない。そっと様子をうかがうと、彼は無言のままカップを傾けた。

　私がなにも答えずにいたせいだろう。より直接的な質問が繰り返される。

「どうする？　それがもし、命令だったら」

「ど……どうするって、言われても」

　私はどちらかといえば内気な性格だけれど、藤澤くんと付き合い始めてからそれとはまた別に、おろおろすることが増えた。いまもそうだ。怯えているとか、そういうことじゃなく、これはもう癖か習性みたいなものだと思う。

　意味ありげな仮定のせいで、心に小さな波紋ができている。水滴を落とされた水面のように、ゆるゆると感情をうねらせながら勝手に想像が広がっていく。

　もしも、会いに来いと命じられたとしたら。私はきっとできない理由を言い連ねながら、真逆のことに考えを巡らせるに違いない。

　人気のない時間帯はいつだろう。早朝か、深夜か。そもそも私に時間を選ばせてもらえればいいけれど。それに、猶予は？　顔を見に行くだけで、私は変に意識して、緊張してしまうと思う。それより、ただ顔を見に行くだけですむだろうか。命令なんて言葉を使ったくらいだ。もっと別のなにか、私が躊躇うようなことも言いつけられるかもしれない。

たとえば、いつもなら絶対に会社ではできないこと。冷静なときには口にするのも憚られるような、私の意識を日常から引きずり落とすような、淫らななにか。

「冗談だよ。もしもの話でその顔じゃあ、怖くてとてもできない」

ふいに声をかけられて、現実に戻された。

藤澤くんはカップをテーブルに戻し、私の耳たぶに触れた。その手をやけに冷たく感じたということは、私は耳まで赤くしているのだろう。せめて赤面した理由くらいは隠しておきたかったけれど、彼は見透かすように口角を持ち上げた。

「どこまで想像したんだか」

やましい気持ちが募って、ますます頬が紅潮した。

顔を伏せると、手にした雑誌が目に留まる。私はそれを、とってつけたように開いた。

「そっ、そうだ！　あのね、このお店。よかったら行ってみたいなって思ったんだけど」

目当てのページまで捲り、ここ、と指さして手渡すと、藤澤くんは店の情報に目を通しながら頷いた。

「ああ、美味しそうだね。次休めたときに行こっか」

そんな乗り気な返事とは裏腹に、藤澤くんの手は雑誌をすっと脇へとよけた。どうしたのかと見れば彼もこちらを向いていて、視線がぶつかった。

心なしか、彼の表情が変わっていた。言葉で表すのは難しいけれど気配が違う。

「……あの」

「これは、またあとでね」

言いながら屈んで、藤澤くんは開いたままの雑誌を床に伏せた。その意味がわかればもう、顔を合わせていられなくなった。

そっと目をそらすと、斜め上から声をかけられた。

「芽衣」

私の心臓は、いとも容易く彼の声に反応した。名前を呼ばれただけ。まだ触れられてもいない。ただある予感がしただけなのに、こんなにも胸が騒ぎだす。

脇に手を差しこまれ、ベッドへ上げられた。藤澤くんの広げた足のあいだまで引き寄せられて、背中から抱きすくめられた。私の体は彼の腕の中にすっぽりおさまり、後頭部には、柔らかな感触がある。それが首筋まで落ちてきて、唇だったとわかった。頰ずりをされたかと思うと、つっと耳元に口を寄せられた。

この穏やかな抱擁のあとなにを囁かれるか、私はもう知っている。

「いじめてもいい？」

ぞくりとした。

藤澤くんは私に触れる前、決まってこう問いかける。恋人になってから始まったこのやり取りになにか理由があるのかはわからなかったけれど、聞かれるたび、私は密かに葛藤していた。

そんなこと、堂々と受け入れるのは変だ。そもそも決定権を委ねられること自体、意地悪をされている気分になる。かといって断れない。だって、やめて欲しくはないのだから。

かろうじて伝わる程度に頷く。すると、俯きがちになっていた顎をぐっと引かれた。

「声なくしたの？　返事の仕方がわからないなら、教えてあげようか」

顔こそ見えないものの、普段の彼がとっくになりを潜めているのがわかった。

体に回された彼の腕の中だけが、外の世界から切り離されたみたいな錯覚に陥る。住み慣れた自室の光景も、休日ののどかな雰囲気も、あたりの音までも、全部が遠ざかる。そうして黙っていればいるほど、自分の内側の音がやけに大きく聞こえた。速まる心臓の音、それに合わせてせわしなくなる息遣い。

顎にかかっていた彼の指が、唇をなぞる。

「いまから言うことを繰り返して――」

続けざまに吹きこまれた言葉が、頭の奥でわんわんと反響した。

もしも私が拒めば、きっとこの腕は解かれる。けれど、果たして私は彼に逆らえるだろうかと自分自身でも疑問だった。彼はいつも、私がかろうじて従えそうな指示を与えてくる。戸惑いながらも私は、ひとつ、またひとつと従ってしまう。そうやって繰り返すうち、最初は絶対に無理だと思っていたことまでしている気がする。

いま耳打ちされた台詞もそうだ。彼との関係が始まる前の自分には聞かせられもしないそれを、私はこれまでもう何度も口にした。

さっきから、鼓動がうるさい。いいから早く言ってしまえと急かされているような気分になる。

私はちらりと振り向いて、彼から教えられたひと言をかすれ声で復唱した。

「いじめてください、ご……ご主人様」

「……よく言えました」

そして彼は、場違いなほど優しく微笑んだ。――これが、私が藤澤くんと付き合っていることを誰にも言えずにいる理由だった。もちろん、私たちの関係をすべて正直に説明する必要はないとわかっている。それでも、たとえば彼をなんと呼んでいるかと聞かれたら、私はひどくうろたえてしまうだろう。まさか知られるわけにはいかない。藤澤くんをご主人様と呼ぶことがあるなんて。

それに私自身にも、人に言えないことがある。彼が主なら、いまの私はつまり、奴隷だ。私は自分で思うよりずっとそのことに順応しているようで、このあいだはついに夢を見た。明け方見るにはふさわしくない、卑猥な夢。麻縄で縛られた私は跪き、泣きそうになりながら藤澤くんに懇願していた。お願いします、どうかイかせてください――。

ぼんやりしていたらしく、後ろから顔を覗きこまれた。

「余裕だな、考えごとするなんて」

「えっ、いや、そういうわけじゃ」

「なに考えてた？」

答えるより先に、羽織っていたカーディガンを捲り取られた。

なにかに摑まっていたくなって、彼の腿に手をのせた。くっと握って、また俯く。

ブラウスの襟にかかった指先が、ボタンを探し首から喉元まで滑った。すうっと肌をくすぐられて、零れかけた声を無理やり言葉にする。

「つっ……付き合ってるって誰にも言えてないことを……思い出してました。菜月ちゃんにも、どう言えばいいか……」

「俺はこのままでもいいけどね。隠してて困ることもないし。むしろ知られた方が、いろいろ隠さなきゃいけなくなって厄介だと思うよ」

ブラウスのボタンを全部はずされて、服の前が開いた。あと一枚キャミソールを着ているし、向き合っていないだけまだましだ。それでもこれだけ明るいと落ち着かない。

手の行方を気にしてうわの空でいると、彼は悪びれることなく言った。

「どうせ教えられないことばっかりしてるんだから。言ってても言わなくても一緒だろ」

同意を求めるように上を向かされて、すぐ口を塞がれた。後ろを見上げてキスするには体勢が苦しかったけれど、頰に手が添えられていて動けない。息をつく間もなく、舌は私の唇を割り、奥まで潜った。

「ん、う、んんっ……！」

瞼をうっすら開けていたから、藤澤くんとは目が合い続けていた。息苦しくて身をよじると、彼はわずかに目を細めた。

キスをしているせいで首から下は見えなくて、これからどうされるのかがより気になった。彼の右手はキャミソールの裾を捲り、肌の起伏を確かめるみたいにじりじり登った。ブラジャーに突き当たると、ホックを外すことなく上にずらした。

どこか一方的な愛撫には、私だけ翻弄されているようないたたまれなさを感じる。表情を探ったところで彼の感情は読めない。ただ、ふくらみに触れるその手は熱かった。

「ふ……っ」

指先が、胸の頂きをかすめた。無意識のうち次に身構えていると、一瞬の間を空けて、ぴんっと強く弾かれた。

「んうっ!!」

頭から電流で貫かれたみたいに体が跳ねた。思いもしなかった鋭い刺激に動揺してしまう。待って、と目で訴えると、重なったままでいる藤澤くんの唇が動いた。それが笑みの形に変わった気がしたのは、たぶん思いすごしじゃない。

悪い予感そのまま、再び乳首を爪弾かれる。

「うっ、うぅー……っ！」

熱を持ちこわばったそこを、あやすように撫でられた。柔らかく解れると、また苛まれた。痛みと快感の境目を執拗に責められて、口づけから漏れる嬌声がどんどん甘ったるくなっていく。

「んっ、んっ、ぷあ、あ、ンン……‼」

気づけば、色めく痺れが全身にまで広がっていた。下腹は痛いほど疼いていて、まるで自分の番はまだかと待ち詫びているみたいだ。

繰り返し指に鳴かされ身悶えするうち、とうとう藤澤くんの腿まで頭がずり落ちた。

「ふあっ、はっ、はあっ、はあっ……」

ようやく唇を解放されたとき、彼の舌なめずりが目に飛びこんだ。妙な色気にあてられてくらくらする。少しも動悸が収まらない。それがよほど苦しそうに見えたのか、藤澤くんは軽く首を傾げた。

「大丈夫？」

「……大丈夫……です……」

「そっか。まだ大丈夫か」

「えっ、そういう意味じゃ……」

心配かけまいと答えたつもりが、思いとは違う解釈をされて焦った。けれど藤澤くんは訂正を聞くことなく、横たわる私の足元まで移動した。

おもむろに膝を持ち足を開かれそうになって、反射的に膝を閉じ合わせた。抵抗するつもりはなくとも、単純に恥ずかしい。乱れたスカートの裾を両手で押さえると、頭上から、からかうような声が降ってきた。

「なに、縛って欲しいの？」

「ちが……っ！」

慌てて首を振りながら、私はおのずと室内を見渡していた。

ここは私の自宅で、今日、藤澤くんが持っていたのは参考書の入った鞄ひとつだけだった。その鞄はいま床に置かれ、平たくなっている。あと彼の持ち物といえば、ハンガーにかけられクローゼットの戸に吊るしてあるジャケットくらいで、他にはないはずだ。だから、今日は縛られない。

そんなことを考えていると、意味深な台詞を返される。

「芽衣のうちだから縄はないけど、きっともう、なくても縛れるよ」

「え……？」

言うが早いか膝の裏を掴まれ、力づくで足を持ち上げられた。そのうえ浮いた腰の下に強引に体を寄せられたせいで、つま先は宙を掻き、腰はさらに高く上がった。

スカートはほぼ裏返っていて、下着が露わになっている。裾を握った前だけはまだ隠せているけれど、その手が見逃されるわけがなく、叱るようにトンと指をあてられた。

「この手が邪魔だ。左手はここを持って。ほら、こうすれば足を開いておけるだろ」

藤澤くんに連れ去られた左手は、私の左膝を抱えることになった。それも膝頭が肩につくほど足を開かされて、羞恥で身震いが起きた。

私が声もなくかぶりを振ったのにはお構いなしに、残った右手もスカートから引き剝がされた。

「それから、右手はここ。自分で横にずらして」

右手を下ろされたのは、秘部を隠すショーツの縁だった。藤澤くんは、その布をずらせと言っている。すぐそこに彼の顔があるというのに、できるわけがない。

指先に布と肌の境を感じながら、何度も首を振った。

「だ……だめ、だめ。できない……」

「命令だとしても？　ああ、だけど……確かに無理強いはよくないか」

意外な返事をされたかと思いきや、ショーツの上で立ちすくむ指をぬるりと舐められた。

「やっ⁉　なにを」

「できたらなにかご褒美をって思ったけど、できないならしょうがない。これはこれで、楽しめそうだし」

人差し指、中指、薬指と舐められて、小指の先から口に含まれた。人の口内が、そして舌が、こんなに柔らかくて熱いなんて知らなかった。藤澤くんの顔が下半身に埋まっているせいで、内腿に髪があたってちくちくする。吐息に足のつけ根をくすぐられる。

「ひ……ぁっ」

舌が、飴を舐めしゃぶるように私の指の股をなぞった。そこが驚くほど敏感なことも初めて知らされる。

じかに触れられてもいないくせに、布一枚隔てた場所が勘違いをしていた。腫れぼったくなっているのかじくじくしていて、ひどく切ない。もしもこの舌に舐めてもらえたら。そんなことを想像しただけで、堪らない。

腰が蠢かないよう耐えていると、下着が濡れそぼっていく感触があった。彼の唾液が染みただけじゃない。艶めかしい水音に合わせて、内側からなにかが滲んでくる。

「……芽衣。なんかいい匂いがしてきた」

「んっ！　そんなこと……っ」

「なんの匂いだろう。なんだと思う？」

はしたない劣情を嗅ぎ取られたくなくて、指一本まともに動かせない。強制されてもいないのに、抗うこともできない。心も体も逃げ道を失っていて、これじゃあ縛られているのと一緒だ。

「ふ、うぅ……」

指も、冷静さもあやふやに感じた。舐め溶かされて、すっかりなくなりかけている。そろりと瞼を開ける。彼が私の指に歯を立てたのを目にしたとき、欠片ほどしか残っていなかった理性を嚙み砕かれた思いがした。

もっと気持ちよくなりたい。ほんの数センチ布をずらすだけで、それが叶うなら。

ショーツのきわに指先をかけた私は、おずおずとそれを横に動かした。

「ご、ご主人様、……お願いします。ここ、直接、触ってください……」

「……なんだ、もう降参?」

小刻みに頷くと、風通しのよくなったそこに視線が絡みついた。

「確かにこれじゃつらいか。漏らしたみたいにびしゃびしゃになってる。クリトリスもこんなに腫らして、そんなに触られたかった?」

「……は、い。つらいです。だから、もう……触って」

身じろぎもできずに恥辱に耐えていると、彼はこともなげに告げた。

「触るなんて誰が言った? 俺は下着をずらせって言っただけだ」

「そ、んな」

「それに芽衣はすぐに従わなかったんだから、あげるとしたらお仕置きだろ。そうださっき乳首にしたみたいに、ここも弾いてみようか」

「え……」

言葉を失ってなお、私はショーツを押さえる指を動かせずにいた。彼の瞳にはたぶん、怯え顔に期待を滲ませた私が映ったんじゃないかと思う。

指が迫ってくる。それを私は、息を殺して見つめ続けた。あともう少し――。

そのとき、彼はぴたりと動きを止めた。つられて顔を上げると、かすかに携帯電話の振動音が聞こえた。

沈黙した私たちのあいだを、マナーモードの着信音が等間隔で流れていく。どこかで携帯が鳴っているのは確かなのに、藤澤くんは静止したままだ。もしかして私の携帯が、とも思ったけれど、音は彼の方から聞こえていた。

よくよく見れば藤澤くんはわずかに思案顔をしていて、電話も、諦めることなく鳴り続けていた。

「………出なくても、いいんですか?」

尋ねると、藤澤くんはジーンズの後ろポケットから携帯を出し画面を見た。すでに相手の目星はついていたようで、彼は顔色を変えることなく言った。

「悪い、相模さんだ。ちょっと出るよ」

私が頷くと、藤澤くんは体を起こした。そしてふと思い直したように、私に布団をかけた。ひとまず中断ということだろう。私は布団に身を潜め、ごそごそと服を直した。

ベッドに腰かけた藤澤くんは電話を耳に当て、事務的な挨拶もそこそこにちくりと小言めかした。

「ところで相模さん。この休みは絶対に電話しないって、ジュースまで賭けて自信ありげに宣言してませんでしたっけ？」

聞こえてくる内容からして、予想外に大きなトラブルが発生したらしい。人手が足りないから出社してくれと頼まれているようだ。

藤澤くんの横顔に不機嫌さはない。けれど心なしか声が冷たくて、すんなり要望を受け入れる気もなさそうだ。

「せっかく久しぶりの休日を満喫してたのに。これはジュースなんかじゃ足りないと思いません？　どんな見返りがもらえるのか楽しみだな」

傍らで聞きながら、その口調で大丈夫かとはらはらした。それではまるで、電話が鳴る前までの彼だ。

受話口から、相模さんの悲痛な声が漏れてくる。怒らないでよう、と聞こえた気がする。

そこで藤澤くん本人も、切り替えができていないと自覚したらしい。口元をさすり、ちらりと私に目配せして苦笑いを浮かべた。

「……いや、怒ってないですよ。ちょっと意地悪言っただけですって。少し待ってもらっていいですか。すぐ折り返しますから」

そう言って電話を切ると、藤澤くんは私に向き直った。

どう考えても、これから会社に行くのだろう。それを彼にしては珍しく言い淀んでいる。助け舟を出すつもりで、私から口を開いた。

「なにかトラブル、だよね。行った方がいいんじゃ……」

「うん、まあ、そうなんだけど」

返答の歯切れが悪い。ここへきてようやく、藤澤くんは深い溜息をついてうなだれた。

「さっきの夢、正夢になるかもな」

「夢？　あ、私が怒ったっていう？　そんな、怒らないよ。相模さんだって参ってるみたいだったし、きっと大変なんでしょ？」

「これ以上スケジュール押すとまずいからね。相模さんもつらい立場だよ。客先からはせっつかれて、仕事とってきた営業には頼れなくて」

彼は私の乱れた前髪を直しながら、独り言のように呟いた。

「こんなことなら俺の家で会えばよかった。そうすれば芽衣を帰れないようにだってできたのに」

言葉の意味をはかりかねて、首をひねる。

「だったら待ってようか？　自宅なんだから、終電は気にしなくて大丈夫だし」

答えたものの返事がない。的外れなことを言っただろうか。

藤澤くんは立ち上がると、ぐっと背伸びをした。

「いいや。今日はたぶん、泊まりになると思う。客先に出向くわけじゃないから私服で平気だし、このまま会社に行くよ」

そして、おもむろに私を見下ろした。

「それはそうと芽衣。さっきの続き、ひとりでするなよ」

「え？　……あっ！　しっ、しない、しない！」

意味を理解して慌てふためく私を見て、藤澤くんはおかしそうに笑った。

そんな考えはなかったのに、言われたせいで意識に残る。高熱を持て余した体がとろみ混じりの不満を零していることも、ここでおあずけにされるのが、どれだけやるせないことかも。

私だけさっきの情事に引き戻しておきながら、藤澤くんはなにくわぬ顔でジャケットを羽織った。いっそ憎らしいほど、気持ちの切り替えがうまい。それでも休日を返上することになった本人に詫びられれば、怒りようがなかった。

「本当にごめん。落ち着いたら連絡する。絶対、埋め合わせするから。あ、玄関、鍵かけるの忘れないようにね」

「……うん、わかった」

藤澤くんは携帯と鞄を手にして、こちらに背を向けた。去り際、振られた手にベッドの上から応えると、彼は玄関へと姿を消した。鍵の音がして、ドアが開けられる。そしてばたんと閉じられた音を最後に、室内はぐっと静けさを増した。

突然ぽっかり予定が空いてしまって、どうしていいかわからない。布団にくるまれた体は気だるくて、重い。下腹の奥に残る種火はまだちろちろ揺らめいていて、わずかに吹いただけですぐ再燃するのがわかる。本当に、ちょっとも触っては駄目だろうか。

一瞬よぎった誘惑を振り払うように、シーツの波間に身を投じた。

諦めて服を着替えよう。きっと下着はもう使い物にならない。どうせなら頭からシャワーを浴びて、すっきりさせようか。そうしているうちに、ほとぼりも冷めるだろう。

のろのろとベッドから降りようとしたところで、気がついた。

「あっ」

床に、伏せられたままの雑誌があった。

## 2

先日のトラブルが長引いているらしい。そんな話題を耳にしたのは、一週間も終わろうとするころだった。藤澤くんとはあれ以来、連絡が途絶えている。さっき菜月ちゃんと昼食を買いに出たときも、コンビニで鉢合わせになった他部署の顔見知りの中に、彼の姿を見ることはなかった。きっとまた、開発室に缶詰めになっているのだろう。

私は買ってきた弁当の袋を提げたまま、フロアの一角にある会議卓に座った。外でなにか買って来て昼食をとるとき、空いていればこの席を利用する。周りをパーテーションで囲まれていて、ちょっとした休憩室に変わるからだ。

菜月ちゃんは用があるらしく、少し席を外している。先に食べていてと言われたのもあって、私は軽く手を合わせ弁当の蓋を開けた。とはいえひとり無言でつつくのは侘しくて、手慰みに携帯を取った。

ブラウザに、先日雑誌で見たカフェの店名を入力した。うろ覚えだったものの正解だったようで、すぐ目的のページを表示できた。改めて所在地と、定休日を確認する。来月は休みなく営業しているようだ。

箸を止め画面を眺めていると、パーテーションのあいだから菜月ちゃんが顔を覗かせた。

「ごめんごめん、遅くなっちゃった」

「大丈夫だよ。先に食べてたし、ちょっと調べものしてたから」

「なあに？　調べものって」

テーブルを挟んだ正面に腰を下ろしながら、菜月ちゃんはコンビニの袋から昼食を出した。サンドイッチと、カップに入ったコーヒー、いつの間に買ったのか、ちゃっかりデザートのプリンまである。

私は彼女に、携帯の画面を向けた。

「気になってるお店があってね。雑誌に載ってたんだけど、このあたりにこんなお店あったっけ？」

「ああ、ここなら行ったことがあるよ。裏通りでわかりにくい場所だけど、けっこう前からあったはずよ。食事も美味しいし、テラスから近くの公園が見えて雰囲気がいいんだよね」

そしてふと彼女も自分の携帯を手に、なにやら操作をしはじめた。

「そうそう、ちょうどあの店の近くだよ。前に私が言ったの、覚えてない？　芽衣が好きそうなジュエリーショップがあったって」

いつだったか忘れたけれど、覚えはあった。

差し出された画面にはその店のホームページがあって、春の新作らしいネックレスやピアスが並んでいた。全体的に華奢なデザインで、きらびやかというよりも楚々とした印象がある。彼女の推察通り、好みだ。

「本当だ。可愛いね」

「でしょう。こんなデザインなら普段から使えそうだし。まあ、安くはないけどさ。誕生日とか特別なときには、ちょっとくらい贅沢したいよね」

見れば確かに、少し高い。自分でも買える値段だけれど、もしもプレゼントされたらさぞ嬉しいだろう。自分に似合うものを、誰かが一緒に見繕ってくれたら。カフェにしても、藤澤くんと行ってゆっくり食事を楽しみたい。

そう思うと、途端に気が急いた。早く藤澤くんの予定を押さえなければ、ただの妄想で終わってしまう。駄目なら駄目で仕方がないとして、きちんとお誘いくらいはしなくては。今晩、仕事終わりを見計らって電話してみようか。

画面をじっと見つめていると、菜月ちゃんには私が思い詰めているように映ったらしい。眉をひそめ、ひどく怪訝な顔をされた。

「なにをそんな真剣に——って、あれ、ちょっと待って。そう言えば芽衣、来月誕生日じゃなかった？」

「覚えててくれたの？　ありがとう」

「そんなことより！　まさかあんた、自分の誕生日プレゼントを自分で買おうとしてるの？　さっきの店も……ひとりで行く気じゃないでしょうね」

「え⁉　いや、えーっと……」

誤解を解こうと思ったら、藤澤くんの話題は避けて通れないだろう。だったらもう、この場で打ち明けてしまおうか。でもこのあいだ、藤澤くんはどことなく隠していたそうな素振りを見せていた。それに背丈より少し高いパーテーションの上は筒抜けで、誰かが聞いていてもおかしくない。

まごまごしているうちに、突然彼女が、あっ！　と声を上げた。

「そうだ。芽衣、今晩空いてる？　管理部の子とご飯食べに行く約束してたんだけど、さっき急に行けなくなったって言われたんだよね。お店はもう予約してあるし、困ってたんだ。よかったら行かない？」

今日は少しだけ残業をして、早めに切り上げるつもりでいた。仕事以外、特に予定もない。

「うん、いいよ。七時はすぎると思うけど、それで大丈夫だったら」

「ほんと⁉　よかった。楽しみにしてたから助かるわ」

嬉しげに手を打った菜月ちゃんを見ながら、私は密かに胸をなでおろしていた。妙な誤解をされたままだけれど、とりあえずやりすごせたらしい。

食事を終えそれぞれ自席に戻ったあと、私は一通、藤澤くんにメッセージを送った。

『今夜、菜月ちゃんとご飯に行きます。あと、電話できたらと思ってるんだけど、何時くらいに仕事終わりそうかな。忙しいときなのにごめんね』

午後のチャイムが鳴るころになって、机に置いたままにしていた携帯が震えた。

『気にせず楽しんで。今日は終電じゃないと思う。また連絡するよ』

簡潔な文面から忙しさがうかがえた。そのうちまた連絡が来るのを待つことにして、携帯を鞄にしまった。


残業を片付け、会社をあとにした私たちは、駅前の繁華街にいた。

菜月ちゃんに連れられて入ったのは、全フロアに飲食店が入るビルだ。予約されていた店はその最上階にあって、創作和食を出す店らしい。店員に案内された席は格子戸と薄いすだれで仕切られ個室のようになっていて、奥の窓から外が見えた。

「わ、すごい。五階にしては景色がいいね」

「そうね。なかなかいい雰囲気じゃない」

この建物のすぐ前が大通りの交差点だからだろう。窓の向こうは視界が開けていて、思いのほか夜景がよく見えた。所狭しと並ぶ賑やかな色彩の照明看板、規則的に連なるオフィスビルの明かり。額縁のようなそこに目を凝らせば、中で働く人のシルエットがある。

私たちの会社のビルも、角だけ見えた。遠くの高層ビルでは航空障害灯が緩やかな点滅を繰り返していて、夜に不思議な華を添えていた。

「芽衣は奥の席に座りなよ」

言われて窓際の席に着いた。眼下の交差点を見渡していると、菜月ちゃんがなぜか、私の真横に腰を下ろした。

なにかおかしい。よく見れば、テーブルには箸やおしぼりが四人分用意されている。胸騒ぎを覚えて、私は彼女の裾を引いた。

「ちょっと待って、菜月ちゃん。今日はふたりきりだと思ってたんだけど、違うの？」

「あのね、じつはあとふたり来るんだよね。同じ会社の人なんだけどさ。まあ、他部署交流みたいなものよ」

彼女は不自然に目を泳がせていて、まだ後ろ暗いところがありそうだ。

「あとふたりって……もしかしてそれ、男の人じゃないの？」

私が軽くつつくと、菜月ちゃんはあやふやな笑みを浮かべて頷いた。慌てたせいで大声が出そうになったのを、すんでのところで抑える。

「そんな、先に言ってよ……！」

「だって、合コンだなんて言ったら絶対に芽衣は来なかったでしょ？　そういうの苦手だろうから」

「それはそうだけど。それに菜月ちゃん、彼氏がいるじゃない。合コンなんてしてもいいの？」

彼女には同い年の恋人がいたはずだ。付き合いは一年以上、三人兄弟の長男で面倒見がよく、趣味はスノーボード。菜月ちゃんの大好物でもある甘いものが嫌いで、いつも歩くのが速いという、彼氏が。性格が似ているのか喧嘩が多くて、愚痴を聞かされることもしょっちゅうある。と、そこまで考えて思いとどまった。そう言えばこのごろ、その彼氏の話を聞いていない。

菜月ちゃんは椅子に背をもたれかけ、軽い調子で言った。

「彼氏とはこのあいだ別れました」

「ええっ⁉　そうだったの？」

「あ、べつに隠そうと思ってたわけじゃないよ。ただ、別れたなんて話、お酒抜きで喋っても楽しくないでしょ」

あっけらかんと告げられて拍子抜けした。言えずにいることがあったのはお互いさまだったのか。

「でも、だからってこんなことしなくても」

「まあいいじゃない。芽衣もうまくいけば、誕生日を彼氏に祝ってもらえるかもしれないでしょ。大丈夫、まだ間に合うって」

どうして彼女がこんな強引なことをしたのか、ようやく腑に落ちた。

彼女は顔が広い。だから飲み会のメンバーがひとりキャンセルになったからといって、さほど困りはしなかったはずだ。それなのに、わざわざ私を誘った理由。おそらく彼女は、私が自分の誕生日をひとりささやかにカフェで祝い、少し贅沢なプレゼントを自分自身に買うと思いこんだのだろう。そこに悪意がないのはわかっているし、心配な気持ちも理解できる。だいたい、そう思わせてしまった原因は、藤澤くんとのことをはっきり言えずにいた私にもある。彼が付き合いを隠していたいのかどうか、その考えは無視できないけれど、このまま黙ってもいられない。名前を出さないまでも、せめて好きな人がいることだけは伝えておかなくては。

「違うんだよ、菜月ちゃん。本当は私ね——」

言いかけたとき、彼女が姿勢を正して手を上げた。笑顔の向けられた先、席の入り口に、すだれを払って立つスーツを着たふたりの男性がいた。

「お疲れ、羽柴さん。待たせてごめんね」

「いいえ、私たちもさっき来たばかりですから。宮下さんも真山さんもお疲れさまです」

席に着こうとしているふたりは、どちらも営業部の社員だった。

彼らが営業を担当しているプロジェクトの中に、私がサポートを担当するところが含まれていて、仕事上、接点はある。けれど仕事以外で話したことはないし、立場としてはあちらが先輩だ。確か相模リーダーと同期だったろうか。少し童顔で人懐こそうな印象なのが宮下さん、そして上背があり眼鏡をかけているのが真山さんだ。

私がろくな挨拶もできずにいると、菜月ちゃんに肘で小突かれひそひそと諭された。

「騙したのはごめん。でもさ、たまにはいいじゃない。私の付き添いだと思って。ね？」

困り果てていると、ふいに前から声をかけられた。

「佐野さん」

「えっ？　はい、なんでしょう」

「嬉しいな。じつは一度ちゃんと話してみたいと思ってたんだ。会社ではあまり絡まないでしょ。知ってる？　佐野さんは一緒に仕事しやすいって、評判なんだよ」

流れるようなお世辞を口にして、真山さんは私の正面に座った。テーブルの横では端末を手にした店員が、注文を待っている。隣では菜月ちゃんが楽しげな笑い声を立てていて、いまさら助けを求めるのも野暮な気がした。

これはもう、腹をくくるしかない。

「それはありがとうございます。えっと……皆さん、飲み物はなににしましょうか」

私はテーブルの隅に立ててあったメニューを取ると、開いて三人に手渡した。

結局、店を出たのは十時をすぎたあたりだった。

相手は先輩社員なのだからと気遣いすぎて、表情を作る筋肉が凝っている。空気を悪くしない程度には受け答えできていたと思うけれど、実際はどうだろう。ともかく、疲れた。早く帰りたい。けれど私の隣にはまだ、真山さんがいた。

彼とは利用する路線が同じだったようで、いまはふたり、地上階のホームで電車を待っている。地下鉄で帰る菜月ちゃんと宮下さんとは、すでに改札で別れた。

真山さんはすっかり酔った様子で、周りを見渡しながら首のネクタイをくつろげた。

「ああ、なんだか人が多いなあ」

「そうですね。もう遅い時間なのに」

「年度末だからかな。飲み会も多い時期だもんね」

駅は混んでいて、向かいのホームもこちら側でも、ドアの停止位置に電車待ちの列ができていた。先頭で待つ私たちの後ろに続く列も、時間を追うごとに長くなっている。これだと車内は相当、混雑しそうだ。

なんの気なしに、私は腕時計に目を落とした。電車が到着するまであと少し。

ふと視線を感じて横を見ると、真山さんが小首を傾げた。

「佐野さん。電車も混みそうだし、途中で一緒に降りてもう一軒どう？　うちの近くにいい店があるんだ。あ、下心はないよ。純粋に、おすすめしたいってだけなんだけど」

「あ……いいえ、私は遠慮しておきます。時間も遅いですし、お酒はもうじゅうぶん頂きましたから」

「終電までまだ余裕あるのに。そこ、甘いものも美味いんだ。しめにどう?」

「ごめんなさい。まっすぐ帰りますね」

角が立たないようやんわりとした口調で、それでもきっぱり断ると、なにがおかしかったのか真山さんはふっと笑って眼鏡を直した。

「……佐野さんって断れない人なのかと思ってたけど、意外だなあ。じゃあ残念だけど、また次の機会に」

ほのかに皮肉めいたものを感じたけれど、気にしないことにした。目上の相手に軽口を返せるわけがない。曖昧な相槌を打ちながら内心滅入っていると、鞄で携帯が震えたのがわかった。

ひと言断って、画面を見る。

『遅くなってごめん。仕事終わって駅まで来たところ。電話したいって言ってたの、なんだった?』

メールは藤澤くんからのものだった。

おのずと目が彷徨って、向かいのホームを見渡した。彼がいつも乗る電車は、反対側のホームに発着する。もしかしたら、どこかにいるだろうか。密かに人影を探していると、真山さんが声を上げた。

「あれ、藤澤くんだ」

「えっ?」

わけもなくどきっとした。真山さんが指す前方に、仕事帰りの藤澤くんの姿があった。電車待ちの列に並ぼうとしている彼は時折、手の携帯に視線を向けていて、こちらに気づいている様子はない。けれどそれも、いまのうちだけだと思う。お互い、線路を挟んですぐそこにいる。このまま気づかれずにいた方がいいのかどうか、咄嗟にわからなくなった。

つい伏し目がちになっていた私に、真山さんが尋ねた。

「そう言えば佐野さんって、藤澤くんとは同期じゃなかった?」

「あ……はい、そうです……」

答えた直後、真山さんは彼に向かって手を振った。

「気づくかな。おーい、藤澤くん」

その声は雑踏を越え、彼のところまで届いたようだった。ぱっと目線を上げた藤澤くんはまず真山さんに気づき、それから隣にいる私のことを見つけた。けれど彼はほんのわずか顔色を変えただけで、すぐ何事もなかったように真山さんに対し会釈を返した。

振っていた手を下ろし、真山さんがなぜか気の毒そうに苦笑いする。

「彼、こんな遅くまで残業してるのか。このあいだのトラブル対応に手こずってるって話でしょ。藤澤くんたちのチームはなにも悪くないのに、とばっちりだなんてついてないよね」

「……そうなんですか？」

「あれ、聞かされてなかった？　相模たちは人が善すぎるんだよ。多少の知らんぷりは許されるのに、ただの人助けで割を食ってるんだから。俺ら営業からすれば、もう少し打算で動いてもらいたいところだけどね」

　頭上から、電車の接近を知らせるメロディーが鳴り響いた。

　私はもう一度、そっと藤澤くんを見た。今度こそ間違いなく目が合った瞬間、電車が風を巻き上げながらホームに滑りこんだ。車体に遮られて彼の姿を見失う。そうこうしているうち、私たちの乗る電車も到着した。

「佐野さん、なにしてるの。早く乗らなきゃ」

　ぼやっとしていたせいで、降りてきた客とぶつかりそうになった。

　押しこまれるように乗車した車内は予想通り混んでいて、視界は人で埋まっていた。つり革には手が届かないし、隣り合わせで停車しているあちらの車両を確かめようにも、とても見えそうにない。

　再び発車のメロディーが流れて、彼の乗った電車が動きはじめた。

　私は、手のひらの携帯をぐっと握った。

「あの、真山さん。すみませんが、ちょっとメールを打たせてください」

「え？　ああ、どうぞどうぞ」

返事をもらうより前に、メッセージを打ち始めていた。

手はうっすら汗ばんでいるのに、指はかじかんでいる。さっきの状況を藤澤くんに説明したいけれど、うまく頭が回らない。好ましくない場面だったのは確かで、そこだけ切り取ってしまえば、ふたりきりで食事に行った帰りにも見えてしまいそうだ。

それにしても、文字だけで潔白を伝えるのはなんて難しいのだろう。

『お仕事お疲れさま。菜月ちゃんとの食事、ふたりきりだと思ってたのが違ったみたいで、営業の真山さんと宮下さんも一緒でした。おかしなことになってごめんなさい。もしこの週末に会えるなら、改めて説明させてもらえないかな』

いきさつを伝えようにも、合コンという単語だけは無意識のうち避けた。

もしかしたら怒られるかもしれないし、呆れられるかもしれない。波風が立ちそうな予感がして、怖い。

少しして、手の中の携帯が震える。

『週末は出勤で、この先いつ休めるかわからない。あと、事情はなんとなく想像ついたよ。羽柴に変な気でも回された？　芽衣が自分から合コンに行くとは思ってないし、謝らなくていいよ』

届いた返答はことのほかさらりとしていて、呆気にとられた。

文字だけでは感情が読みきれなくて、なんと返事をすればいいか、指先が画面の上で迷子になる。ひと言も打てずにいると、再びメールが届いた。

『とりあえず、もう遅いから気をつけて帰って。おやすみ』

また、普段と同じような文面。それなのにどうしてだろう。ぽん、と宙に放り投げられたみたいな気持ちになった。彼の乗った電車はこちらには背を向け、どんどん遠ざかっていく。

週末が無理でも、早いうちに会いたい。せめてほんの少しでも、顔を見て話せたら。そんな台詞ももう、重たい催促になる気がした。

『おやすみなさい』

こちらも返して、携帯を鞄の奥底に押しこんだ。平静を装ったつもりだったのに、うまくできてはいなかったらしい。

「なにか悪い知らせ？」

「……いえ、なんでもないです。それにしても混んでますね」

無理やり口の端を持ち上げて、あたりを見渡すふりで顔を隠した。

たぶんもう藤澤くんからの返事は来ない。わかっていても私は、ぴったり抱えた鞄を体から離せずにいた。

# 3

それから、あっという間に二週間がすぎた。

「佐野さん、まだ終わりそうにないの？」

パソコンから顔を上げると、帰り支度をした同僚がこちらを見ていた。肩にはバッグを、腕には淡い桜色のスプリングコートをかけている。壁の時計は夜九時半を指していて、フロアに残るのは数名ほどだ。菜月ちゃんも、少し前に帰宅した。

「もうちょっとで終わります。今日すませておきたいのはあと一件だけなので」

「じゃあ、申し訳ないけど私はお先に失礼するね」

「はい。お疲れさまでした」

ひと言返して、私は再び手を動かした。

画面の隅、小さく示された日付けはもう四月のものだ。通常の月例処理に、年度末と新年度の事務仕事が重なってしまうこの時期は、押し並べてみな忙しい。三月が駆け足で去ったあとも、こうして残業の日が続いていた。

いま進めていたのは申請書の確認作業で、ディスプレイには社内システムの管理画面を表示させてある。上役の決裁前にミスを弾くため、担当するプロジェクトに関わる書類はこうして一度、私のところに集められる。

今日のうちに終わらせたかったものは、残り一件。一覧の先頭にある申請書を開く。内容は、予算管理の帳票だ。近々そのチームは外部からの技術者を増員する予定で、外注費に変更が入っていた。

バインダーに保管されている前回までの帳票と照合し、正誤を確かめる。申請項目以外の変更はないし、数字も正しい。

おもむろに手を伸ばし、書類棚からクリアファイルを出した。挟まれているのは、クリップ留めされた書類が数部。技術者が増える際、客先に提出する書類の一式で、経歴書も誓約書もすべて準備は整っている。予算の申請も問題なかったし、あとはこのファイルを現場の担当者に渡せば、直接先方に提出してくれることになっていた。

その担当者は、他でもない藤澤くんだった。さっき処理した帳票の申請者名にあったのも、彼の名前だ。

藤澤くんとはあれから――駅で真山さんといるところを見られてから、なにも変わったことは起きていない。

あのあと私の仕事も忙しくなったし、彼もまた相変わらずで、今度はトラブルでの遅れを取り戻すのが大変なのだと聞いている。だから休日会えないのも、これまでと変わらない。電話越しに、いま仕事帰りだとか、家についただとかいう短い会話を交わすのも、この書類みたいに仕事を頼まれることがあるのも普段と一緒。話し声も、笑ったときの柔和な雰囲気も、いつもとまったく同じ。

それが私には、どうしても引っかかっていた。間違い探しするように記憶の彼と見比べるたび、まるで風もないのに湖面にさざ波が立ったみたいな、そこはかとない違和感があった。気にしすぎかもしれない。けれど――。

すっかり閑散としたフロアは電話も鳴らず静かで、そのうえ節電のためところどころ照明が消されているせいで、やけにがらんとしていた。

開発室はどうだろう。みんな残業しているだろうか。藤澤くんは、たぶんまだいると思う。

もう一度、壁時計に目をやった。秒針がぐるりと一周するのを見送ると、私は少し深呼吸をして、クリアファイルを手に席を立った。

開発室のある階に下りて来たのは、久しぶりな気がした。

エレベーターホールで帰宅する社員とすれ違い、会釈を交わす。フロア入り口へと歩を進め、壁のリーダーに首から提げているIDカードをかざした。すぐに、ピッと音がして電子ロックが解除される。扉を開ければ目前に、パーテーションが立っている。廊下からの視線を遮るためのものらしいけれど、いまの私にはそれがありがたい。端まで来て室内を覗くと、座席はまだちらほらと埋まっていた。それにパソコンのディスプレイがずらりと並ぶ光景はある意味壮観で、技術者ではない私が立ち入るのは場違いに感じた。

　そのまま、室内を見渡す。するとすぐそばの会議卓から、知った顔が出てくるのを見つけた。「相模さん」と声をかけると、彼もまたこちらに気づいてくれた。

「あれ？　どうしたのこんな時間に」

「お忙しいところすみません。あの、藤澤くんはまだいますか？」

「いるよ。いまちょうどレビューが終わったところ。藤澤、面会だよー」

　後ろを振り返った相模さんがふざけ気味に伝えると、会議卓の中から笑い声がした。

「あのね相模さん、囚人じゃないんだから――って……珍しい」

　資料片手に姿を現した藤澤くんは、私を見るなりあからさまに驚いた。

　夜も遅いからか彼はワイシャツの袖を折り上げていて、いつもより格好がラフだ。胸ポケットにペンを差しながら近づいて、私の持つファイルに目線を落とした。

「どうしたの、佐野。なんかまずいミスでもあった？」

「ううん、そうじゃなくて。頼まれてた書類、全部揃ったからもう渡しておこうと思って」

　たぶん、声は上擦らずにすんだ。

　書類を受け取った彼は中身を出し、ぱらぱらと内容を確かめた。

「ああ、これか。わざわざ持ってきてくれてありがとう」

「いいえ、どういたしまして。あと……それとね」

「うん？」

あ、と言葉がつかえて、つい俯いた。革靴のつま先の向かいに、立ちすくんで動かないパンプスのつま先がある。勝手に踵を返しそうになる足を踏みしめ、からからに乾いた口から小声を振り絞った。

「す、少し、話せないかな」

「……ちょっと待ってて。これ置いてくる」

どうやら真意を汲んでもらえたらしい。

藤澤くんはいったん自席に向かい、引き出しに書類を収めた。戻りぎわ、相模さんに一声かける。

「相模さん。面会ついでにコーヒーでも飲んできますね」

「あっ、帰りに俺にも買ってきて。もう駄目だ、眠たい。ブラックがいいなあ」

「はいはい」

朗らかな笑みを残してフロアをあとにした背中を、私は黙って追いかけた。

前を進む彼は、自動販売機のある喫煙室もトイレも通りすぎ、廊下の突き当りで足を止めた。そしてそれとなくあたりに目をやったあと、非常階段の扉を押した。

私も続いて扉をくぐる。踊り場は薄暗くて、階段の先はもっと暗かった。ひんやりとした空気が横たわっていて静かだ。こんな夜更けならなおのこと、人の出入りはほとんどない。

背後で扉が閉まる。重たげな残響が遠ざかると、壁にもたれた彼が口を開いた。

「――それで本当の用件は？　びっくりしたよ。芽衣がこんなことするなんて」

穏やかな声音が、わずかに響いて聞こえた。

内心しりごみしそうになりながら、私は藤澤くんをじっと見つめた。暗がりのせいだけだろうか。浮かべられている微笑みに、いつもの彼にはないほのかな陰影があった。

「えっと、忙しいときにごめんなさい。このあいだの……菜月ちゃんと行った食事のこと。少しでも、きちんと話がしたくて」

「なんだ、そんなこと。あれはもう終わったんじゃなかった？」

腕組みをした彼が、回想するように遠い目をして困り顔になった。過ぎた話題を蒸し返しているのはわかっていても、引き下がれない。私には、どうしてもひとつ確かめたいことがあった。

「メールだと謝った気がしないし、それに、引っかかってることがあって」

「なに？　引っかかってることって」

「藤澤くん……あの日のこと、じつはすごく怒ってる、よね？」

「怒ってないってば。心配しなくていいのに」

言いながら、彼は伏し目がちに苦笑いした。

おぼろだった違和感が確信に変わり始める。くっと噛みしめた唇を、おそるおそる開いた。

「じゃあ、どうして……あれからずっと、こっちを見てくれないの？」

一瞬ふらりとゆらいだ彼の視線が、私に焦点を定めた。

「……どうしたの。今日はずいぶん強気だね」

「藤澤くんがなにを考えてるのかを、知りたいから」

「特になにも考えてないよ。謝らなくていいって本人が言うんだから、もうそれでおしまいにすればいいのに」

「そうかもしれないけど……変によそよそしくなるくらいなら、いっそ気がすむまで怒られた方がいいと思って……。だから、その……不愉快なことして、本当にごめんなさい」

頭を下げると、つられて目頭がつんとした。まるでいっぱいに水を入れられたコップみたいだ。ちょっと傾けただけで涙が零れそうになるなんて、どうやら私は思っていたよりずっと寂しかったらしい。会えないのは忙しさのせいだと自分に言い聞かせて、そのうえ藤澤くんの真似事までして仕事に打ちこんでみたけれど、本心ではずっと、会いたかった。

数秒の沈黙があって、吐き捨てるような呟きが聞こえた。

「……ああ、もう」

それきりまた黙られて不安に駆られた。しつこくてうんざりされただろうか。慌てて顔を上げると、静かに燃えるようなまなざしがあった。

「わかった。白状する。……芽衣の言う通りだよ」

彼の足がぐっと一歩、こちらに踏みこんだ。気おされて半歩後ずさると、背中がとんと扉にぶつかった。

「他の男といるのを見ただけだっていうのに、あれからずっと苛立ちがおさまらない。最後に芽衣の部屋で会った日、途中でおあずけになっただろ。それを我慢してたせいもあって、余計に」

自嘲気味に告げて、藤澤くんは口をつぐんだ。

耳に痛いほどの静寂が、私の後ろめたさをくすぐった。菜月ちゃんたちと食事をしたあの晩、知らされずに行ったとはいえ、私に非がないわけじゃない。事情がわかったとき、ぴしゃりと断って帰ることだってできたのに。

藤澤くんは俯いて、私の頭に軽く頬をのせた。

「うまく隠せてなかったのは悪かった。だけどね、芽衣。俺が嫉妬してるかどうかをわざわざ確かめたりして……どうするつもり？」

押し殺した声が壁にこだました。見えない響きに四方から迫られて、息が苦しい。触れられた頭のところがちりちりする。怒られた方がいいと思っていたくせに、いざそうされると緊張した。

「私はただ……ちゃんと謝って、仲直りしたかっただけで……」

「……そんなに悪いと思ってくれるんだったら、芽衣は他の男にはなびかないって俺を安心させてよ。それで……仲直りにしない？」

願ってもない提案なのに、たぶらかされているように感じたのはなぜだろう。でも、目の前に垂らされた仲直りの糸口に、摑まらずにはいられない。揺れるその糸に、おずおずと指を伸ばす。

「安心って、どうすれば……」

しばらく無言になったあと、藤澤くんはゆっくり頭をもたげた。

「そうだな……最後に会った日の続きがしたいかな」

「続き……」

「心配しなくても、どうせたいしたことはできないよ。少しでいいから、俺に反応する芽衣が見たい。人が来そうだったらすぐに止める。……どうする？」

それがいかがわしい要求だと勘づいた途端、心臓を糸でからめとられたような感じがした。速まった拍動に合わせて、きりきり絞めつけられていく。

誰か来ればすぐ靴音でわかるとしても、ここは会社だ。当然断らなきゃいけない。なのに糸は解けそうにもない。それどころかますます絡み食いこんで、本音が絞り出されてしまう。

あの日の続きでもなんでもいい。安心したいのは、むしろ私の方だ。

黙りこくったまま頷くと、藤澤くんは私の腕を取り踊り場の角まで引っぱった。背中は壁について、詰め寄った彼の影が、立ちすくむ私に覆いかぶさった。

「あの日、どこまでしたか覚えてる?」

生々しいほど覚えている。藤澤くんの表情も、声も、体温も、匂いも。淫らな命令も、身悶えるくらいもどかしい思いをしたことも、全部。

「……覚えてるよ」

答えると、藤澤くんはおもむろに胸元のボールペンを取った。そしてカチカチと鳴らし数度ペン先を出し入れして、持ち手の先端を私に向けた。

「だったらおさらいは要らないかもしれないけど。はじめは……服のボタンを外してキスをした」

「っ……」

唇にプラスチックの固い感触があたった。くっと押されて、下唇がめくられる。戸惑って口を結ぶと、紅をさすように輪郭を撫でられた。かすかに触れている、微妙な距離がくすぐったい。

藤澤くんは、あの日の場面をなぞるつもりでいる。それはわかるのに、次の展開が読めない。疑問符でできた頭の空白に、彼のみだりがましい囁きが染み入った。

「いつも芽衣は、はじめ唇をこわばらせてるよね。それにそそられてもっと味わおうとするんだけど、口が小さいから、俺が舌を入れるとすぐいっぱいになって息苦しそうにする。あの表情、じつは堪らない。このあいだもそうだった」

陶然とした声色に揺さぶられて、あの日閉じこめた情感が呼び起されたみたいだった。とろんとしたまどろみから目を覚まし、夢の記憶を反芻し始める。

藤澤くんのキスはいつも、私をいっぱいにする。あのときも吐息の逃げ場もないほど塞がれて、口の端が濡れるのもいとわず舐められた。奪うような激しさなのに、溢れるほどなにかで満たされていくようなキスだった。

間近にある彼の目にも、私が抱いたそれと同じ情景が映っているのが見えた。合わせ鏡のように幾重にも像が連なって、脳裏に刻みつけられる。

熱い口づけを細密に思い描いたせいで、ことさらいまの状況を意識してしまう。唇にあるのはキスではなく、無機質で冷たい感触。柔らかさを楽しむように唇をつついたペンは、顎を伝い喉に落ちた。

「……あ」

うっかり息を飲んだのは、気づかれただろう。

襟の合わせ目まで下りると、ペンはかつんと音を立てブラウスのボタンに当たった。

たっぷり間をおいて、再び布の上を進む。ゆっくりだった侵攻は、脈打つ心臓の真上で歩みを止めた。

「心臓は……壊れるんじゃないかって心配なくらいどくどく動いてて、こっちまで興奮させられる。もっともっと焦らすつもりでいるのに、つい我慢しきれなくなって……」

ふいに絡んでいた視線が外れた。

どこを向いたのか、思い当たると同時にペンの先が胸を突いた。服も下着もあるから痛くない。それよりほんのちょっとじれったい。そう思った自分に困惑していると、ふくらみに埋もれた先端が尖りを見つけ出した。

「や……っ！」

「胸は、どうやって触られた？」

この応酬の果てが目に浮かんだ。きっと答えれば答えるほど、私の立つ瀬は削られる。それが嫌なわけじゃないけれど、私を深みに追いやって、藤澤くんはどうするつもりだろう。

押し黙っていると、やんわり促される。

「ちゃんと答えて」

あたりがのっぺりとした静けさに包まれているせいで、囁き声でもあまさず耳に届いた。そそのかすような低音の波に打ち寄せられて、鼓膜も背筋もふるふる震える。

ぎゅっとスカートを握りしめ、口を開く。

「……指で……弾かれた」

「それも、何回も。数えさせればよかった。芽衣、乳首いじめられて気持ちよさそうに喘いでたよね」

「そっ……そんなことは」

「いつもそうやって誤魔化すけど、芽衣の感情は全部顔に書いてあるよ」

隠すつもりで顔を伏せながら、私の両目は藤澤くんの手の動きに釘づけになっていた。

ペン先は柔丘を滑ってはまた昇り、頂上でぐっと半円を歪ませた。

喉元まで出かかった嬌声を飲みこむと、淡い痺れも尾を引きながら下腹へと流れ落ちていった。つられるようにして、ペンもまたゆるゆると下降をはじめた。

「いやらしい体になったよね。あの日も結局、指を舐められただけで我慢できなくなってたもんな。電話が鳴る前に一口くらいかじっとけばよかった。どろどろに溶けた、芽衣のここ」

スカートを降りたペンは、裾で折り返し腿を這い上がった。ストッキング越しのこそばゆさに耐えられなくて、逃げ腰で膝を閉じた。

「く、くすぐったいよ」

「なんだ、てっきり興奮してるんだと思ってた」

「してないと、思う」

本当は、体に収まりきらないなにかが私の肌から匂い立っている気がしていた。嗅ぎつけられるのが怖くてそっぽを向くと、藤澤くんは呆れ気味に言った。

「わからないだろ、確かめてもないのに。あの日みたいにつらいなら、触ってもいいよ」

「……平気。それに、こんな場所じゃ――」

言いながら藤澤くんを見上げた瞬間、自分が知らず知らずのうち袋小路に追いこまれていることに気がついた。逆光で少し影の差す彼の顔にあったのは、獲物を賞玩するような愉悦の表情。

「だったら……命令しよう」

ぎくんと全身がこわばった。

まるでエスコートをするみたいに、うやうやしく右手を取られた。彼と私の手は既視感のある軌道を描き、スカートへと潜っていった。ショーツの縁に手を導かれたまでは、あの日と同じ。けれどこの先は、きっと違う。

「芽衣、自分で触れ」

「まっ、待って！　無理だよ……！」

「無理？　それは違うだろ。……ねえ、芽衣。じつは最初からわかってたんじゃないの。弱み片手に俺に会いに来て、気がすむまでなんて言えばこうなるかもしれないって」

「……そ、んなつもりは」

ない、とは言えなかった。

「そんなの俺の勘違いだって言い張れるかどうか、自分で確かめてみたら？」

握る手にぐっと力をこめられた。駄々をこねるように抗ったところで、びくともしない。ひたりと注がれる視線に捕らわれて、はぐらかすこともさせてもらえない。

たぶん、彼の言う通り。

私は本能的にわかっていたと思う。しおらしく謝罪をと言いながら、頭のどこかではこうなることを恐れ、期待さえしていたかもしれない。

自分の浅ましさに縮こまっている私に、藤澤くんがしなやかな微笑みを向ける。

「大丈夫だよ。人が来たって俺の背中で隠すから。それに、俺にも触ってるところは見えない」

藤澤くんがいるのはドアのすぐ脇、もしそこが開けばぶつかりそうな位置で、確かに時間稼ぎにはなると思った。肝心なところは誰からも見えない。服はそれほど乱れていないし、スカートさえ直せば元通り。だったら――と、私はさっきから、そんなことばかり考えていた。

ふと足元が覚束なくなり、体がくらりと揺れたように感じた。もう、私の立つ瀬は跡形もない。湧き上がる潮に半身まで沈んでいて、身動きが取れない。

　助けを求めるつもりで藤澤くんを仰ぐ。彼は、感情が全部書かれているという私の顔を一瞥して、穏やかに言い放った。

「続けようか」

　ふっと腕から力が抜けた。藤澤くんの手は私の手と連れ立ってショーツへと潜ったあと、拍子抜けするほどあっさりいなくなった。

　置き去りにされた布の内側は、蒸気がこもったみたいに湿っぽい。

「濡れてる？」

　暗に触れと命じられている。私はそろりと茂みを掻きわけた。

「…………濡れて、ます……」

　やっとの思いで声にすると、わけもわからない身震いに襲われた。

　指先には、露にまみれたしこりが触れている。私に断りなく芽吹いておいて、どうにかしてとせがんでくる。もう惑わされてしまおうかと思ったとき、左手にペンをあてられた。

「せっかくだから左手も使おう。中に指を入れて」

「えっ……!?」

「嫌ならこのペンにする？　芽衣が選んでいいよ。ペンか、指か、どっちを入れたい？」

　選択肢に見せかけて、選べる答えはひとつ。そんな白々しさにもう、正しく不満を抱けなかった。

カチ、カチ。急かすような音がする。

「……ゆ……指で」

「正確に答えろよ。指を入れたいです、じゃない？」

「指を……入れたい、です……」

「だったらもっと足開いたら？　それじゃやりにくいだろ」

革靴でパンプスを小突かれて、足を肩幅に広げられた。何度も何度も首を振り、うわごとを繰り返しながら、私は左手もショーツに忍ばせた。

「……だめ……、あ……だ、め……っ、あ」

柔い谷間の奥、とろけた泥濘が嬉しそうに指を迎えた。

私の躊躇いは無視して、劣情は全身へと根を伸ばしていった。自分の指なのに、嘘みたいに気持ちいい。背を丸め、前屈みで秘部をまさぐる。そんなあられもない姿の私を見て、藤澤くんはなにを思うのだろう。

わずかに目を細めた彼が、ペンで私の顎を持ち上げた。

「中の指、曲げたらざらざらしてるところがあるから。そこを触って」

耳から入った言いつけは、頭を素通りして指を動かさせた。探ると、確かにある。遠慮気味に押してみれば、ずくんとして腰が引けるほどの快感が走った。

「っ……、なに、ここ」

「芽衣のいいところ。押しながら擦れ」

「う……ぅ……や、……いや……ぁっ」

「嫌じゃない。もっと」

たぶん私より、藤澤くんの方が私のことをよく知っている。

スカートが目隠しになっていてよかった。下着はきっと、彼にも見せられないほど歪な形に波打っているに違いない。

発熱した粘膜に指の腹を擦りつけた。自分で触れば、角度も強さも間違いなく的確にできてしまう。ここが会社だと思い出して喘ぎ声を抑えると、代わりにねばつく水音に耳を苛まれた。

「んん……っ、ぁ……！」

「いい音が聞こえてきた。それより芽衣、右手が止まってない？　イクまでどっちも動かし続けろ」

ひと言、ひと言に理性の薄皮が剝がされていくようだった。体裁も恥じらいもなくなった裸の神経を、じかに撫でさすられているみたいだ。

たいして動かしてもいないのに、指を咥えた秘裂は悦び悶えている。腫れた芯をちょっと弄っただけで、膝から崩れ落ちそうになる。そうやって体の内側が火照れば火照るほど、外側のうすら寒さが際立って感じられた。

　そう言えばまだ、まともに触れられてもいない。目の前にいるのに、藤澤くんがやけに遠い。

「……お願いします、今度こそ……触ってください……っ」

「なに言ってるんだ。会社でそんないやらしいことができるわけないだろ？」

　あからさまな矛盾を含ませながら、藤澤くんは私だけを高みに置いてけぼりにしようとした。反論できない私に、彼は続ける。

「触れたりしたら、こっちは最後までしないと終われない。ゴムなんか持ち歩いてないけど、それでも？」

「そっ、それは……駄目、だけど……抱きしめてもらえるだけでも――」

「いいから動かせ」

　ほんの数秒でよかった。温もりを感じたかっただけなのに、苛立ち混じりに返されて唇を噛みしめた。

　彼にはたぶん、私が求めたのがただの抱擁だとわかったと思う。それをわかったうえで、突き放された気がしてならない。

「これじゃ……っ」

　罰を受けているみたいだ。そう感じたとき、はっとした。

　藤澤くんは、あの日の続きをしたいと言っていた。電話で途切れることになったあの場面。あのときおあずけになったものは――。

「優しくなんかしてやらない。これは、自覚がない芽衣へのお仕置きなんだから」

「おしおき……自覚……？」

「それに芽衣は俺の気がすむまで怒られに来たんだろ？　だったら……黙って従えるよな」

飼い慣らされた体は急には止まらない。盲目的に、なにも考えず従いそうになる。それでも頭の片隅から、どこか理不尽だと告げる声が聞こえた。

「だけど……」

「文句が多いな。触れるつもりはない、これはお仕置きだって、話聞いてた？　それともこのまま犯されたいの」

なけなしの理性で首を振る。

仲直りのために本当に必要なら、なんでも甘んじて受け入れる。いまの私が奴隷ならばなおのこと、藤澤くんの望みには従わなきゃいけないのかもしれない。けれど、ただただ従順でいることが正解かがわからなくなった。なんとなく、欠けてはいけないものがすり減る予感がした。

「……ご主人、さま」

命令に背くことは、ひどく勇気が要った。

私はショーツから両手を抜いて、藤澤くんに差し出した。いまの私が示せる、従う以外の証。訝しむ彼の前でおずおず手のひらを開くと、指先は透明な愛液でしとどに濡れていた。

「わ、私……は、いやらしくて、ずるくて、欲しがってばっかりの我儘な……奴隷、です。でも私、こんなになるほど……ご主人様が恋しい。だから、せめて――」

言い終える前に、表情を歪めた藤澤くんに荒々しく掻き抱かれた。ようやく彼に触れられた多幸感で、眦にじわりと涙が滲んだ。

弛緩した体の底から、色づいた吐息が湧き出る。私の頭に顎をのせた彼は、深い溜息をついた。

「芽衣……。頼むからちょっと自覚してくれ」

またそれだ。諭すように言われて、ぽつりと返す。

「そんなに私……無自覚そうに見えますか」

「見える。自分が煽るようなことしてるとは思ってないだろ。隙だらけで警戒心もない、そのうえ押しには弱いくせに。いまだって、なにしてたかちゃんと理解できてる？」

「…………人には、絶対言えないことを……」

自分に呆れ果てて、つい苦笑いが出た。

藤澤くんが言っていた通り、私はたぶん怒られるためにここへ来た。それも仕事を口実に、不慣れなことをしてまで。なりふり構えなくなって、真面目ではいられなかった。そうして私は誰にも言えないことを命じられて、動揺しながら確かに喜んでいた。退路を塞がれて、詰め寄られて、抱きすくめられて馬鹿みたいに安堵している。

いつだったか藤澤くんが教えてくれたことがある。飴と鞭を悦ぶ、おかしな性質をなんと呼ぶか。

「そんな芽衣が男と飲みに行ったら、嫉妬も心配もする。俺以外の男と会うなとは言わないけど、でも営業の社員は……あの人たちは口も立つし、狙われでもしたら芽衣なんか頭から食われるよ」

「そういう……心配はないと思うけど……」

「いくらでも言いくるめられそうだなって……俺が芽衣に思うんだよ。付き合うより前に俺がしたこと、もう忘れた？」

ささくれた皮肉が心を擦って、小さな棘が残ったみたいにちくりとした。

藤澤くんは、怒りが湧くほど心配になるらしい。万が一、私が他の男性に気に入られたら。もしも、私が言い寄られでもしたら、と。同時にその裏側にある本音が垣間見えて、胸が痛んだ。

また溜息をついたのか、藤澤くんの胸が大きく上下した。

「あのときよりいまの芽衣の方が、ずっと弱くなってるのに」

私には気の弱いところがある。断るのも苦手だ。強引さに押し切られるときだってあるし、特に命令の前で、私の理性は驚くほど脆い。それを、藤澤くんは誰よりも知っている。誰よりもそばで、私が誘惑に負ける瞬間を見続けているのだから。

私が従うほど不信が募ってしまう。もしもそんなジレンマが、彼の中にあるのだとしたら。

藤澤くんは最初、安心させて欲しいと言っていた。さっきは優しくしないと言ったくせに、私を抱く腕は紛れもなく優しい。どこにも嘘はない。きっと全部が本当だ。

胸に埋もれていた顔を上げると、目がくらんだみたいにちかちかした。

「そんなに、みくびらないでください」

私がきっぱり言い切ると、藤澤くんは驚いた顔をした。

つま先立ちで背伸びをして、頰を擦り寄せる。

「……確かに私は弱いです。ど……奴隷、なんて言って……それを、喜んでたりもする。けど、私は人形じゃない。私にだって意志はある。言いなりになるのは……ご主人様の前でだけ。だってそういうスイッチにしたのは……藤澤くんでしょ？」

顔を離すと、彼は目を丸くしたまま言葉を失っていた。私が言いたいことはきちんと届いただろうか。

眉根を寄せた彼が、口を開いた。

「芽衣――」

なにかを言われかけたとき、遠くで扉の開く音がした。かなり下の階からだ。耳を澄ましていると、今度はすぐそこの扉の向こうからかすかな声がした。それも藤澤くんを呼んでいて、私は彼に目をやった。

「……相模さん、かな」

おおい、という呼び声は本人にも聞こえたようだ。神妙な面持ちでいた彼は、思わずといった様子でくっと吹き出した。

「相模さんだね。心配性だから、俺がどっかで行き倒れてるとでも思ったんじゃない？」

「あ……長くなったから……。変に思われたかな」

「大丈夫。もし俺と芽衣になにかあるって疑ってたら探しには来ないよ」

藤澤くんはまるで憑き物が落ちたようにすっきりした表情で、胸ポケットにペンをしまった。

下から、コツコツと靴音が響いてくる。もう潮時だけれど、わだかまりが解けたかどうかはっきりしない。そうっと彼に視線を向けると、もう一度抱きしめられた。

「芽衣。我慢……できそう？」

おあずけも二度目になるとそれなりに忍耐が要りそうだったけれど、不思議とつらいとは思わなかった。

頷いた私に、彼が額を合わせた。こつん、と軽い感触と一緒に、柔らかな声が響いてきた。

「ちゃんとした休みが作れるよう頑張るから。それまで少し待ってて欲しい」

「……うん。待ってる」

藤澤くんは頬を綻ばせ、私の頭に手をのせた。ほろりと零された微笑みと、その手の温もりだけで、いつまでだって待っていられる気がした。

このまま歩いて戻ればいいよ。そう言われて、私は踊り場に背を向けた。どこかふわつく足取りで階段を上っていく。やがて藤澤くんが廊下に戻ったのだろう。下の方から、ごうんと扉の閉まる音がした。

# 4

気がつくと、いつの間にかチャイムが鳴っていたようで昼休みに入っていた。

月も半ば、仕事はすっかり落ち着きを取り戻している。私宛の電話も少なくて、午前中の作業はずいぶんはかどった。

席の近い同僚や先輩たちが声をかけ合って、それぞれ席を立っていく。私も昼に行くことにして、事務机が並ぶ島の対角線、菜月ちゃんのところへと足を向けた。

途中でふと目をやると、窓が細かな雨粒で濡れていた。最近、春の長雨らしい天候が続いていて、今日も朝から小雨が降っていた。この週末は行楽日和になりそうだと天気予報が言っていたけれど、一晩で晴れるだろうか。

菜月ちゃんはまだ仕事をしていて、前のめり気味に集中している様子だった。少し遠慮しながら声をかける。

「菜月ちゃん。お昼になったけど、今日はご飯どうする？」

「やだ、もうこんな時間⁉　どうしよう、あとちょっと進めたい。この書類、休み明けに要るやつなんだよね」

「じゃあ、コンビニでお弁当でも買って来ようか？」

「いいの？　お願いしちゃおうかな」

「なににする？」

「サンドイッチ……は、このあいだも食べたか。さっぱりしたのがいいな……」

彼女は頬杖をついて、あれでもないこれでもないと悩みはじめた。一方の私も、食べたいものがなかなか思いつかない。考えてみれば先月からしばらく忙しくて、味気ない食事が続いていた。残業で帰宅が遅い日はたとえ自炊したとしても、手抜き料理ばかりだった。

やっぱりサンドイッチでいいや、と投げやりに言った彼女に、私はふと思いつきを口にした。

「ねえねえ、菜月ちゃん。今晩空いてる？」

「空いてはいるけど。どうかした？」

「このところコンビニ弁当ばっかりだったでしょ。やっと仕事も落ち着いてきたし、夜、ご飯食べに行かない？」

「おっ、いいね。でも……ちょっと遅くなるかな。いや、午後頑張ればなんとか……」

そう言ってパソコンを睨みつけていたかと思いきや、菜月ちゃんはいきなり、机にあった卓上カレンダーを摑み取った。

「あれ⁉　芽衣、もしかして明日誕生日じゃない⁉　やだ、すっかり忘れてた！」

「うん、そうなんだよね。だからさ、ついでに前祝いに付き合ってよ」

社名の印刷されたシンプルなカレンダーの、彼女が指さす先。明日は私の誕生日だった。当日の予定は特にない。菜月ちゃんを誘ったのは、前日でもいいから美味しいものを食べておきたかったからだ。

私の提案になにやら思案顔をしていた彼女が、首を大きく縦に振った。

「よし！　じゃあせっかくだから、他にも誰か誘おう。じつはね——」

「待って、菜月ちゃん。このあいだみたいな合コンはなしね」

やけに張り切ろうとした彼女に、私は慌てて釘を刺した。前回のことで懲りたのもあるし、食事をするなら気心の知れた相手とがいい。

私が聞く耳も持たずに断ったからだろう。彼女は不服そうに口を尖らせた。

「ええー？　すっごくいい人がいるのに。まったく、なんでそんなに頑ななのよ。あ、もしかして芽衣、好きな人がいるんじゃないのー？」

「うん、いるよ」

間を置かず頷いてみせると、菜月ちゃんはあんぐりと口を開けた。自分からかまをかけておきながら、よほど予想外だったらしい。

束の間、絶句していた彼女が身を乗り出す。

「え、え、冗談じゃないよね？　誰⁉」

その人とは、非常階段での二度目のおあずけから一週間が経とうとする今日まで、まだ会えていない。

自分の誕生日のことは、あれから少しして思い出した。ショックというより、うっかりしていたという気持ちが強くて、まあいいかと諦めがついた。我ながら単純なものだ。このあいだ彼は私に、待っていてと言ってくれた。私にとっては、そのうち会えるということだけで十分だった。

私が黙ってしらを切ろうとしていると、菜月ちゃんはきらりと目を光らせた。

「なあに、内緒なの？　だとすると……相手、社内の人でしょ」

「えっ」

「もし真山さんを好きになったなら私には隠さないだろうし……。そう言えば合コンのとき、やけに渋ってたよね。ということは、あの時点でもう相手がいたってことか。……あの日よりも前からの知り合いで、芽衣と接点がある社内の男性といえば――」

「ちょっと、待って待って菜月ちゃん！」

すらすら流れるように推理され、うっかり激しくうろたえた。ここまでは完璧に言い当てられていて、反論の余地もない。菜月ちゃんは誰か心当たりがあるのか、思わせぶりに小首を傾げている。

私が自分の唇に指を当てて制すると、彼女はこっそりと私に耳打ちをした。

分でもわかった。

「ま、まさか、違う違う。全然違うよ」

小刻みに手を振り否定したけれど、たぶん、全部が顔に出た。平常心、平常心、と心で唱えている時点で私の負けだ。目はあさっての方向に動いてしまったし、頬が赤いのが自分でもわかった。

こちらを見ていた菜月ちゃんが、にんまりとした笑みを浮かべた。

「なあんだ。それならちょうどいい――」

そこで彼女は口をつぐんだ。なんだかおかしな顔をしたあとで、気を取り直したように続けた。

「ちょうどいいからその話、夜に詳しく聞かせてよ。白状するまで帰さないから、覚悟しなさい！」

「……えっと……じゃあ……とりあえずコンビニに行って来ようかな……」

お願いね、と勢いよく送り出されて、私は財布を手に逃げるようにフロアをあとにした。

ビルの一階、エントランスの自動ドアが開くと、雨のせいでしっとりした冷たい空気が流れた。カーディガンを羽織り忘れて、半袖のニットから出た素肌が少し寒い。けれど、まだ紅潮している頬にはそれが気持ちよかった。

あの様子だと、菜月ちゃんには間違いなく勘づかれただろう。夜に待つ取り調べを考えると気が重いけれど、心は少し軽くなった気がする。

なんとか、私のただの片想いということで納得してもらえればいいけれど。それにこのことは、藤澤くんの耳にも入れておいた方がいいかもしれない。

交差点に差しかかり、横断歩道の手前で足を止めた。雨はしとしと静かに降り続いていて、車の走り去る音が薄い幕を通したように聞こえる。さあっと風が吹きつけて、髪が乱れた。手櫛で直していると、非常階段で別れ際に頭にのせられた手の感触が甦った。

「……会いたいな」

傘に隠れ、誰にともなく呟いた。

私の家で最後に会った休日から、すっかり季節が変わったのを感じた。街路樹の桜も、だいぶ花を咲かせている。こちらに伸びた枝先にある蕾が、雨粒の重みに頭を下げながら、暖かな陽光を待ち詫びているようにも見えた。

「菜月ちゃん、そろそろ終わりそう？」

その日の仕事がひと段落ついたのは、七時を少し回ったころだった。

破棄する書類をシュレッダーにかけに行ったついでに、菜月ちゃんの席に立ち寄った。

定時はすぎているものの、まだ仕事をしている同僚も多い。尋ねた私に、彼女は申し訳なさそうに言った。

「ごめん。もうちょっとかかる」

それから壁時計に目をやって、再びこちらを向く。

「あのさ。会社にいたら仕事振られるかもしれないし、先に出て待っててよ。駅の改札のところで待ち合わせしよう。急いで追いかけるから」

「ああ、それもそうだね。わかった」

私はいったん自席に戻ると、パソコンの電源を落として帰り支度をすませた。そしてフロアを出る前に、もう一度寄り道をした。

「じゃあ菜月ちゃん、先に行ってるから」

「了解。すぐ終わらせる」

そう答えたそばから、彼女のパソコンは新着メールを受信した。私は彼女に遠慮気味に手を振って、一足先に会社を出た。

夜空からはまだ雨が降っていて、開いた傘がぱたぱたとしきりに音を立てていた。駅へと続く歩道にも、たくさんの傘が揺れている。だいたいの人が会社員だろう。みんな駅へと向かっていて、すれ違う人は少ない。金曜日の夜だからか、ビニール傘をさすスーツ姿の男性も、花柄の傘の女性も、その背中たちはどことなく浮足立って見えた。数名のグループは、繁華街へと続く角を曲がっていった。

駅の改札までは、歩いて五分ちょっと。

カフェあたりで時間をつぶしてもいいけれど、ここで待つことにした。行き交う人の流れは、ぼんやり眺めるのにちょうどいい。

改札の電子音が絶えず鳴り続いていて、あたりは賑やかだ。駅前の停車場には赤いテールランプを灯したタクシーが列をなしていて、駅周辺に軒を連ねる飲食店には、傘を畳む人影が次々と吸いこまれていく。

そう言えば以前、ここで藤澤くんと待ち合わせをしたことがあった。あのときは恋人ではなく、かといって同期の友人というだけでもなかった。おかげでどんな顔をすればいいかわからなくて、居心地の悪い思いをしながら待った覚えがある。それに、あの夜も雨が降っていた。こんな風に待つ私に、傘をさした彼が近づいてきて――。

ぼうっとしているうちに、十分か、二十分が経っていた。少し肌寒い。いまから店に入るにしても、あとどれくらいかかりそうか一度菜月ちゃんに連絡をとってみよう。

携帯を出そうと鞄に手を伸ばしかけたとき、こちらへ歩いてくる人だかりの中に、よく知った顔があるのを見つけた。その人は会社帰りで傘をさしていて、さっき思い浮かべた姿そのもの。

向こうも私を視界に捉えたのがわかる。彼は傘を閉じ、まっすぐこちらに近づいた。

「お疲れ、芽衣」

「藤澤くん⁉　えっと、あれ？　……いま帰り？」

「うん。今日はもう帰るところ」

急いでいたのだろうか。心なしか息を弾ませた彼は服に落ちた天粒を払って、ふう、と一息ついた。

不意を打たれて、意味もなく緊張してしまう。

「あ、ああ、そうなんだ。お疲れさま。あっ、そうだ。まだ連絡してなかったけど、私はこれから菜月ちゃんとご飯に行くことになってて――」

「羽柴なら来ないよ。その約束は、俺が代わりにもらい受けたから」

仕事も終わりそうにないらしいし、とつけ足して、藤澤くんはにんまりと笑った。

話についていけず、眉をひそめる。

「……どういうこと？」

「詳しくは俺のうちで話したいと思ってるんだけど……このまま連れて帰ってもいい？」

「え？　あ……う、うん」

事情はまったく飲みこめないけれど、要するに菜月ちゃんは来られないということか。

戸惑いつつ私が了承すると、藤澤くんは改札へと歩を進めた。

混雑した電車に揺られているあいだも、駅から彼の自宅マンションまでの緩やかな坂道を歩いているあいだも、疑問が湧くばかりで少しも状況を整理できずにいた。まず仕事が終わらないからといって、菜月ちゃんが私との約束を人に譲る理由からしてわからない。

それも相手は藤澤くんだ。私が彼を好きだと知ったからだろうかとも考えたけれど、それにしては強引すぎる。

　答えを握っているらしい彼は、マンション七階の角部屋で立ち止まり、玄関の鍵を回した。

　開いたドアを手で押さえて、中へと促された。照明が点いていないせいで室内は暗く、再びドアが閉まるともっと真っ暗になった。

　この部屋に来るのはずいぶん久しぶりだと、そんなことを思っていたら、なんの前触れもなく背中から腕を回された。びっくりして飛び上がりそうになった体を抱きとめて、藤澤くんは噛みしめるように呟いた。

「……ああ、やっと家で会えた」

「わっ……私も、会いたかったよ」

　どうしていま藤澤くんと会えているのかわからないけれど、そのひと言は本心だ。

　彼の手が肩に回って、正面を向かされた。目が慣れたようで、黒一色だった影の中から藤澤くんの姿が浮かび上がった。

「……芽衣」

　呼ばれて見上げると、彼の顔が近づいてきた。

　いつにない性急さにどぎまぎしながら、私は瞼を閉じた。けれど一秒、二秒と待っても唇が触れることはなく、代わりにぎゅっと両頬をつままれた。

「へ？」

「俺になにか、大事なこと言い忘れてない？」

「いいわすれ……？」

口をうまく動かせなくて、発音がたどたどしくなった。

なにを尋ねられているのかと首をひねっていると、藤澤くんは私に自分の携帯をかざした。眩しくて目を眇めながら見れば、画面には一件のメッセージがあった。

『芽衣、会社出たよ。あとはよろしく！　そうそう、誕生日おめでとうって藤澤くんから芽衣に伝えてね』

「……これって……」

「明日が誕生日だって、昼に羽柴から教えられて初めて知ったんだけど」

携帯が下駄箱に置かれて、あたりはぼんやり明かりを灯したみたいになった。ほのかな光に照らされた藤澤くんが、きまりの悪そうな苦笑いを見せる。

「もうね、本気で焦ったよ。明後日には試験があるし、この週末は休めそうだと思ってはいたけど。でもまさか誕生日だなんて。羽柴から聞かされたあと必死で仕事片付けて……さっきも、急用があるんでお先に失礼しますって台詞、初めて使った」

断片的にいきさつがわかり始めた。

どうやら藤澤くんは、私の誕生日を知り慌てて都合をつけてくれたらしい。どうして菜月ちゃんがそれを藤澤くんに教えたのか、疑問はまだ残っている。けれど、ことをややこしくさせた元凶には身に覚えがあって、申し訳なくなった。藤澤くんに無理はさせまいという気遣いは、巡り巡って余計な空回りをしたようだ。

「えっと……そこまで思い入れもなかったし、忙しいのは知ってたから言い出せなくて……」

「あのね、芽衣。気遣いは嬉しいけど、ひとりで納得してないで俺にも会う努力くらいはさせて欲しい。今回はぎりぎり時間だけは作れたけど、これでもし羽柴が教えてくれてなかったらと思うと、怖いよ」

「ごめんなさい。……だけど……なんで菜月ちゃんが藤澤くんに」

それが一番、不思議だった。顔を覗きこむと、彼は少し気まずそうに頭を掻いた。

「羽柴が知ってるからだよ。俺が芽衣を好きだってこと」

「え⁉　どうして？」

私がまたべつのどこかで口を滑らせたのかと思ったけれど、違うようだ。こちらに向けられていた気配が、神妙さを帯びる。藤澤くんは気持ち背を伸ばして、私に言った。

「非常階段で芽衣と会ったあと……なんて勝手な八つ当たりしたんだって、心底反省した。羽柴に合コンに連れて行かれたのは、俺と付き合ってることを言えずにいたせいだろ？

そもそも人に言えない関係にしたのも、芽衣を信じきれなくて嫉妬するはめになったのも、全部自分に原因があるくせに」

静かに零されたのは意外なことばかりで、私は少しも聞き逃さないよう耳をそば立てた。佇まいを直した彼の足元から、こつ、と小さな靴音がする。

向けられた眼差しが、ふっと柔らかくなった。

「なにより、芽衣があんまりにもまっすぐ俺を見るから……詮索されるのが面倒だとか体裁だとかごちゃごちゃ考えて、芽衣への気持ちまで隠してる自分が情けなくなってさ。それで羽柴に、ちょっと頼みごとしたんだ。佐野を合コンに誘うのはやめて、どうせなら俺を佐野に紹介してくれって」

それはもう、好きだと言っているのも同じだ。

「羽柴のやつ嬉しそうに、だったら飲み会セッティングしなきゃって息巻いてたよ。その結果が、今日のこれ」

「ああ、だから……」

私の好きな相手を知ったとき、彼女はあんな顔をしたわけだ。なにか思惑がありそうに見えたのも、思い違いではなかったらしい。

また菜月ちゃんにしてやられたのだとわかっても、今回ばかりは純粋にありがたかった。

当分、彼女には頭が上がりそうにない。

携帯が静かにその明かりを消すと、暗がりと一緒に頭上から声が降ってきた。

「せっかくこうしてお膳立てしてもらえたことだし……改めて告白するよ」

「……告白？」

彼は私の手を握って部屋へと上がった。脱ぎ捨てた靴が、ぽこんと後ろに転がった。

窓にかかるカーテンは閉められているし、外はまだ雨だ。明かりと呼べるもののない室内で、頼りになるのは繋がれている手だけ。慣れた足取りはローテーブルとソファーを避け、たぶん、ベッドの方へ向かっている。

街灯の光が少しは届いているようで、だんだんものの輪郭が見えはじめた。

私の鞄は、藤澤くんの鞄と一緒にフローリングに置かれた。その上に、彼のジャケットとネクタイがかけられた。

先にベッドに腰かけて、藤澤くんは私の脇を手で支えた。膝に乗るよう誘われているのがわかって、私はそろりと腿を跨ぎ体重を預けた。彼の肩に手をのせ向き合えば、至近距離に顔がある。こちらを仰いで、藤澤くんは眩しいものでも見るみたいに目を細めた。

「好きだよ、芽衣。真面目で、じつは頑固なところも。人のこと優先させて自分を後回しにするところも。誘惑に弱いのが心配だったけど……本当は芯がしっかりしてるって、このあいだ思い知らされた。そんなのも全部ひっくるめて惹かれてる。自分がこんなふうに人を好きになるなんて、思ったことがなかった」

「……告白って、そういうこと？」

「名目上、俺はいま片想いだからね。ついでに告白すると……俺は芽衣と付き合い始めてから葛藤してばかりいるよ。大事にしたい、悲しませたくない、だけど好きになるほどいじめたくて、ひどくしたくて……板挟みになってる。なのに芽衣は悪気なく煽ってくるし。性に合わない我慢して、いつもおあずけ食らってる気分」

思いもしなかった心の内を吐露して、藤澤くんは自分に呆れたようにくすくす笑った。

「こんな恥ずかしいこと人に言うのも、想像したことなかったなあ」

私は咄嗟に首を振った。どう考えても、私にとっては嬉しいことしか言われていない。

「恥ずかしくなんかないと思う」

「かっこつかないだろ。一応、ちょっと年上だし。それにSだとか言っておきながら、芽衣の傷ついた顔にはどうしても勝てないんだから」

私はいままで、藤澤くんの愚痴もはっきりとした弱音も聞いたことがなかった。どんなに仕事が忙しくても、会えない日が続いても、彼はいつでも平然としていた。それがいまほんの少し、崩れた気がする。

もう一度、首を振った。

「私、そんな弱気なこと言う藤澤くんを初めて見た。たぶん、誰も見たことがないと思う。だったらいまの藤澤くんは、私が独り占めしてるってことだよね。だとしたら嬉しい」

するりと出た台詞は、どんな風に受け止められたのだろう。藤澤くんは口元に手をやって、顔を綻ばせた。

「……敵わないな」

私の腰にあった手が動き、うなじに添えられた。引き寄せられてされた口づけは、息継ぎさえ惜しむみたいに、離れてもまたすぐ重なって、角度を変えながら深くなった。

ぺろりと私の口唇を舐め、藤澤くんが悪戯っぽい顔をする。

「今日の告白がどうなったか、ちゃんと報告するよう羽柴から言われてるんだけど。うまくいったってことでいい？」

「……私からも、プレゼントありがとうってお礼言わなきゃ」

「プレゼントって、俺が？」

深く頷く。ずっと欲しかった。口を塞ぐ唇が、背を滑る手のひらが。私だけを映す目も、耳を打つ囁きも、こうやって彼に脱がされていくことも。挙げればきりがないくらい、全部に焦がれていた。

薄手のカーディガンから腕を抜かれた。アンサンブルになった半袖のニットも捲られた。下のキャミソール、それからブラジャー。フローリングに散らばる抜け殻が小さくなるほど、私は素肌を露わにしていった。

ホックを外して緩くなったスカートとストッキング、ショーツをいっしょくたに指にかけて、ずり下げられる。藤澤くんを跨いでいるせいで、これ以上は私の協力なしに脱げない。恥ずかしさが勝って身をよじると、彼はいま気づいた風に服から手を離した。

「ごめん。ずいぶん久しぶりだから、ついがっつきすぎた」

「ううん。ちょっと、恥ずかしかっただけ」

「綺麗な体なんだから、見せてあげるくらいに思ってればいいのに」

さりげなく賞賛を口にして、藤澤くんは私の頬に手のひらをのせた。いともたやすく宥められて、私はそのキスに応じた。

下唇をついばんでいた柔らかさは、次の止まり木に首筋を選んだらしい。かぷっと甘噛みされると、揺れる枝葉のように指先が振れた。

「ふ……っ」

舌に肌を濡らされているあいだに、剝き出しの乳房に手を被された。ふくらみを撫でられて、ときどき摑まれる。それだけで震えが走ったのに、藤澤くんはするりと離れて胸元に顔を寄せた。

思わず体を引いた拍子によろめいて、背中を支えられた。バランスを保とうと藤澤くんの膝に片手をついたら、意図せずのけ反るような体勢になった。そうして食べやすく供された先端を、彼は摘まみ上げ口に含んだ。

「んン……ッ」

舌に転がされる。口唇から覗いた乳首は潤んでいて、指で扱かれるほど嬉しそうにその身を赤らめた。

ぢゅうっと吸いつき薄紅の痕跡を残しながら、唇はもう片方の丘にも登った。

ふいに、細めた視界で目が合った。私の顔からなにか読み取ったのか、藤澤くんの手は私の下腹へと忍びこみ、残っていた服をまとめて下ろした。なにも言われてないのに、私も黙ってそこから足を抜いた。

裸になった半身に、藤澤くんが触れる。繊毛のきわを奥に進んだ手が、隠れたあわいに潜った。そこに触れられるのは思い出せないほど久しぶりで、ちょこんと当たっただけで大袈裟なほどの吐息が漏れた。

「……ふあ……！」

「ん、もうだいぶ濡れてる」

蜜を集めるように、くちゅくちゅと花弁のたもとを掻かれた。とろみを絡めた指が秘唇を開くと、体内に押し入れられる甘痒さで声が震えた。

「ん、んん……ッ」

「芽衣の中、久しぶりに触る気がする。痛くはない？」

「大、丈夫……っ」

ゆるゆると往復を繰り返しながら、指は深くに沈んでいった。まるで慈しむようにされれば、痛くもないし嫌とも思わない。けれど、違和感に近いものがあった。

「……今日、なんだか……優しい？」

「一応、仲直りのつもりだから。このあいだ、ちょっと嫌な思いもさせただろうし」

その台詞通り、緩く内側を探られた。指先が擦ったのは、非常階段で教えられた場所だと思う。激しくはないのに、小突かれるたび腰が浮くような快感に襲われた。

「やあっ……そ、こは……！」

指を蠢かせながら、再び胸を舐められた。

下からと上から、深いのと鋭いの。別々の性感は、私の体内で奇妙な連鎖反応を起こしたみたいだった。持て余すほど増幅された疼きから体が逃げそうになるのを、背中の腕に阻まれた。あまり動けば床に落ちそうで、藤澤くんの肩にしがみつく。そんな不安定な膝の上で、私を串刺す彼の右手はますます私を揺さぶった。

余った親指が、ぬるりと花芽にのせられた。過敏になったそこを指の腹でつぶされると、私は呆気なく吹き飛ばされそうになった。

喘ぎ続ける口に手の甲をあてがい、必死に耐える。

「ああぁっ……！　うそ、待って……だめ……っ‼」

「いいよ、そのままイッても」

「……ッ、い、いいの……？」

紳士的な答えを額面通りに受け止められない私は、いったいどんな言葉を予想していたのだろう。半ば癖で陶酔を押しこめながら、なにかもくろみがあるのではと勘ぐってしまう。

「ほんと、に……、イッて、いいの……っ？」

「気持ちよくなってくれれば、俺も嬉しいし。それに芽衣こそずっとおあずけだったから、さすがにもうつらいだろ」

「そ……う、だけど……ッ、あァァっ！」

いつも翻弄されてばかりで考える余裕さえなかったけれど、こうして穏やかに責められると、まざまざと思い知らされる。私の体はきっと、この人に知り尽くされている。

私の足掻きなど無駄だとばかりに、与えられる昂りはどんどんその嵩を増していった。止めどなく注がれて、あっという間に深みにはまりそうになる。素直に飲みこまれてしまえばいいものを、私はなぜか躊躇していた。

藤澤くんの頭にもたれかかり、肩を握りしめた。ぎゅっと爪を立てると彼は、訝しげに私を見た。

「……なにか我慢してない？」

「んっ！　ちが――」

いや、違わない。どうかしている。もの足りないだなんて。

じっと顔色をうかがわれたときには、尋問されている気持ちになっていた。

「もっと強くがよかった？　それとも、奥も触ってみようか」

「あ、あ……ッ」

言葉の響きに反して、ほんのわずか、手にしていた悦楽を取り上げられたように感じた。触れられている場所が微妙にずれて、波が一歩引く。絶頂に耐えていたくせに、そうなるともどかしい。

彼の指先は浅瀬で遊んで、ぴちゃぴちゃと愛液を跳ねさせた。

「ここはもう限界そうだったのに。なにか言いたいことがあるなら、はっきり教えてくれないとわからないよ」

「あ……っ、いつもと、全然違うから……、本当にイッてもいいのかなって……」

「人聞きが悪いな。それじゃあ俺がいつもは優しくないみたいだ。ああ、もしかして……優しくしたのが余計なお世話だった？」

藤澤くんが、ベッドに腰かけている腿を広げた。そこに跨がる私もつられて足を広げると、無言の圧力が媚肉をねじ開けた。なにも言わず指を数本増やされて、暗がりの視界に閃光が走った。

「んああっ……！」

「……いい返事」

「あぁっ、違うのっ……！　優しいのが嫌なんじゃなくて……！」

「わかってる。それでも芽衣の口から聞きたいんだよ。どれだけ欲しがっているか、なにを望んでいるか。だから……芽衣。好きなだけねだればいいよ。俺は芽衣が望むなら、なんだって叶えたいと思ってるんだから」

たおやかに囁かれたそれは本心か、それとも甘言か。催眠術にかかったみたいに、私の頭はその誘惑一色に染まった。

駆け引きめいたものに呼応して、私のスイッチがぱたんとその身を横たえた。彼と私のどちらが先にそれを望んだのか、そんなことはもう、どうだっていい。

「藤――ご主人、さま………」

たぶん言うと思われているだろう台詞を、諳《そら》んじてみせる。

「私……いつもみたいがいい。いじめてもらえるのがいい……っ。お願いします……どうか私のこと……縛ってください」

そうして本能のおもむくまま捕えていて欲しかった。我慢も理性もかなぐり捨てられるほど、私はきっと、愛されていると実感できる。

私は、前に宣言されたことを思い出していた。芽衣はいつか、自分から縛ってくれとねだるようになる、と。あのときたぶん、種が植えつけられていた。

私のいかがわしい願いを聞き届けて、彼は甘やかな微笑みを見せた。

「仰せのままに」

従者みたいな口ぶりとは対照的に、藤澤くんの目には物静かな欲情がたたえられていた。彼は私をベッドに置いて、クローゼットへと向かった。中の引き出しから、束ねた麻縄を数束手に戻ってくる。それをぽんとそこに置いて、藤澤くんは私の右足に手を伸ばした。

私は全裸だったけれど、いまさら隠すのも空々しい。起こした上体を後ろについた手で支えながら、無言で彼の作業を見守った。

暗い室内にいる私たちを傍から見たら、たぶん影絵みたいになっているだろう。もしかしたら、藤澤くんが私の足元に傅《かしず》いているように映るかもしれない。そんな変なことを思うくらい、彼の手は私を丁寧に扱った。

折り曲げた足の、太腿と足首に二重に縄がかけられた。それから縄の先端は膝裏の隙間を通って、足を束ねた縄をかがり元の側へと戻された。くっと絞られて、足は畳んだ状態に留められた。

「は……っ」

さっきから、背骨の内側をぞわぞわと言いしれないものが駆けずり回っていた。この感覚の正体は、いまだにわからない。被虐感だとか、もっともらしい単語が頭をかすめたけれど、名前もないほど単純なものの気がした。

なんだか、抱きしめられているみたいで気持ちいい。

「ぎゅってされてる……」

私の独り言に、藤澤くんは口角を緩めた。

太腿と足首にされたのと同じ手順で、腿と脛も縄に捕まった。肌が擦れてちくちくするけれど、それほど痛くない。窮屈になればなるほど体がふわついて、酒を呷ったみたいにめまいがした。

優しくされただけでは、ここまで満たされなかった。藤澤くんからもらえるものなら、飴だけじゃなく鞭まで欲しい。そんな貪欲さを自覚した途端、不安になった。

「……私、ちゃんと奴隷できてますか……？　こんなに欲ばりで、いいのかな……」

「なに、そんなこと考えてたんだ」

よほど意外だったのか、藤澤くんは縄を繰る手を止め、素の表情で笑った。

「まあ、それを言ったら俺だって、こんなに芽衣に甘いのもどうかと思うけど」

再び手が動き出す。

「誰も聞いてないし、見てもいない。ふたりしか知らないことなんだから、俺と芽衣がよければそれでいいんだよ」

左足も右足と同じにされて、足は崩した正座の形に留められた。

最後の結び目を作って、彼が言う。

「だから芽衣は安心して、俺に縛られてろ」

私は、両足を縛った縄を見つめた。左右対称で、どことなく性格が表れているそれ。まるで、藤澤くんの延長線に繋がれているみたいだ。

心臓はばくばく早鐘を打っていて、酩酊したように思考に朧がかかっている。

「だいたい、ちゃんと応えられてるかどうかなんて。そんな心配する必要がどこにあるんだよ」

トンと上半身を突かれた。私は、あ、と間抜けな声を上げながら、梱包された荷物のようにごろんとベッドに転がった。

倒れた体に圧しかかって、藤澤くんは私の両手首にも縄を巻いた。くるくると手首を結わえた縄はベッドフレームに括りつけられて、麻でできた枷に化けた。

「縛られてそんな顔するくせに。このあいだ、ちょっとは自覚できたんじゃなかったっけ」

藤澤くんはふう、と息を吐き出して、暑苦しそうに着ていた服を脱ぎ捨てた。視界にちらりと彼の昂りが映りこんで、目が泳ぐ。お揃いだ。そんなことを思うと妙にほっとした。

こちらににじり寄った彼が、閉じていた私の両足を膝頭でこじ開けた。筋張った膝に、柔肉が踏み荒らされる。

「ここ。どうなってるか自分で言ってみろ」

「……あ、ぁ……たぶん、濡れて……」

乱れて顔を隠していた前髪をわけて、畳みかけられた。

「聞こえない」

「ご、主人様に、縛ってもらえたのが、嬉しくて。ぐしゃぐしゃに……なってます」

「そっか。ぐしゃぐしゃか。それは恥ずかしいな」

藤澤くんは肩を震わせ、笑いを堪えながら私の下半身を検《あらた》めた。手のひらが谷の深淵から手前まで撫で上げる。自分が思うよりずっと、とろみは流れ出ていたらしい。

「後ろにまで垂れてる。こっちも健気なくらい勃たせてるのに、よくこれでとぼけたこと言えたな。いい加減ここが可哀想だから、もう触ろうか」

「あ、あ……！　い、あっ……」

両腕はばんざいの形から下ろせない。制約を課せられた両足は、どう閉じようと隙間だらけだ。そのうえ双丘の手前に腰を据えられて、無防備な秘部を心ゆくまま弄ばれた。

「ひうっ……！　ああっ、りょうほ、う、だめ、あ、あ、あ、あ……ッ！」

高熱でとろけた隘路を、浅く深く掻き鳴らされた。熟れてふくらんだ花芯は、莢を剝かれて摘ままれた。逃れようのない享楽にさらされて、すぐまた達してしまいそうになる。

けれど私の喘ぎに限界の音が含まれはじめると、彼の手はぴたりと止まった。

「ああ、まだイクなよ。まさか置いてけぼりにするつもり？」

「や……っ、そ、んな……！　だって、さっきは……！」

「しょうがないだろ。これが芽衣の望んだことだ。いまのお前は与えられることも――」

「あッ……だめ、だめ、だめ……ッ、いま触られたら……！　あ、うぅ……っ」

「奪われることも、全部俺に委ねてるんだから。……それにしても、こんなに悦ぶなんてよっぽど我慢するのが好きなんだな」

「ん、んんっ！」

首を振り否定する素振りを見せると、私に埋まっていた手はふらりといなくなった。

「違う？　ああ、それより前に、縛られたのが嬉しくてぐしゃぐしゃになったんだっけ」

「あ、あ――」

詰り声を聞きながら、私は思わず身構えた。去った手に代わって、焼けた楔が私に近づいていた。

ベッドに両膝をついた彼が、私の縛られた腟に手をやった。押し上げられ少し天井を向いたぬかるみに、薄い膜を身につけた切っ先がその頭を馴染ませた。わずかに体重をかけられると、先端がくぷっと窪みに合わさった。

「どっちにしても……変態だな、芽衣は」

上辺だけの反論さえできない。私に撒かれた歪な種は、とっくに芽を萌えさせている。耳に痛いはずの嘲りも辱めをも糧にして、淫らな花を咲かせたがっている。

「ア……っ？」

私の入り口に蓋をした塊が、どうしてだかそれより先へ進まずにいた。いっそひと思い

に入れて欲しいのに、ゆっくりすぎて落ち着かない。それどころかむしろ遅いほどで、私は堪らず泣きついた。

「う、ごいてぇ……っ！」

「お前は俺に指図できる立場じゃないはずだろ？」

「こんな、だって……ッ、あ、あ……もう、つらい……、ごしゅじ、さま……！」

「それほど焦れてるなら、自分で押しつけてひとりでよがってろ」

「そんな……っ、そんな……あ……っ」

口では不平を零しながら、体は快楽に向け浅ましく這いずった。

背をよじり腰を蠢かせ、くくられた足のつま先で進む。けれど藤澤くんに近づくにつれ、ベッドに繋がれた両腕が伸びた。そのうち縄がぴんと張って、どうしたってそれ以上は進めなくなった。

半端に栓をされているせいで、奥に残る空洞がなおさら切ない。自分では届かないところに触れられたい。じんじん痛むほど腫れた芽を擦りつけてしまいたい。どっちも隙間があっては叶わない。なのに、彼は一向に動こうとはしてくれなかった。

「ほら、もっと押しつけないと。それじゃよくなれないだろ」

「だって、もう近づけない……ッ！　お願いします、ご主人様。こっちに来て……！　奥までください。一番奥まで……っ！」

「……ほんとこの口は。都合が悪いとすぐ黙るくせに、ねだるのだけは上手くなって」

「は、ふっ……⁉」

彼の指が、私の唇に押しこまれた。口いっぱい塞がれて面食らう。えずきそうになりながら、涙声で訴えた。

「ふ、ぐ……っ、ん。くるひい……っ、ひ、や……！」

「どうしても苦しくて無理なら、やめてって言えばすぐに止めるよ。これから先、いつでも。どんなことをしていても」

「フ、あムッ……⁉　ンンンンー‼」

ずんっ、と重い衝撃が走った。ようやく奥まで満たされて、縛られた体が歓喜に震えた。まるで酸素を求める金魚さながら、溺れたように喘ぎ続けた。耳に残された彼のひと言にすがろうとして、寸前でやめた。なんの裏もなく言われていそうなそのひと言に、自縄自縛の罠が見え隠れしていた。

指に、逃げ惑う舌を挟まれた。飲みこめなくて溢れた唾液が頬を汚し滴り落ちた。満足に息さえできない。それでも――。

確信犯がせせら笑った。

「やめてって、言わなくて大丈夫？」

「あ、ぁ……」

見抜かれた途端、おかしなほど涙が零れた。苦しくて惨めで、恥辱に苛まれているのに気持ちいい。やめて欲しくなんかない。整理のつかないちぐはぐさに双眼を濡らす私を見て、藤澤くんはぽそりと呟いた。

「……どーして、こういじめたくなるんだろうな。大事にだけしてればいいのに。優しくだけしていられたらいいのに」

悩ましげに顔をしかめた彼は、私を四つん這いにひっくり返した。枕に埋まったせいで、私からその表情は見えなくなった。

気配を探っていると、私の腿を這い上がった手が腰に回された。

「たぶん、どっか臆病なんだろうな」

「あっ――、あぁぁ……ッ！」

背後から、今度は一息に貫かれた。無遠慮な律動に突かれて、くくられた手を爪が立つほど握りしめた。

「アッ、あっ……！　深、い……！」

「こんな自分をさらけ出して、服従を返されれば安心できる。こうすれば……確かめていられる」

「……えっ⁉」

突然、後ろのすぼまりに濡れたものが触れた。さっき私が舐めた指だとわかっても、どうすることもできない。指はそこに私の唾液を塗し、中に入ろうとしていた。

「ま、って、待って、そこ……！　や――」

やめてと、早く言わなくては。そんなところはやめてと、いますぐ。なのに私の口は喘ぎ声を垂れ流すばかりで、意味のある言葉を紡ごうとはしなかった。

藤澤くんの心が透けて見えるようだった。私がこうやって、服従を纏い自ら深みに堕ちているのだとしたら。

「ほら、芽衣は――俺のものだ」

「んう、っあ、あ、あー……ッ、ご主人、さま……!!」

肌を粟立てるような違和感と、慣れ親しんだ快感が手を繋いだのがわかった。

後ろに埋まった指はかぎ状にされて、そこからどくつもりはないらしい。前にも手を伸ばされて、熟れたしこりを弄られた。そうやって、私の体から隙間が全部なくなった。

広げられては締めつけて、滾る粘膜にこわばりを押しこめられた。意識がすべてそこに集まる。朦朧としている私を、彼はゆさゆさ揺さぶった。

「……約束するよ。もっと泣かせることもあるかもしれないけど、俺にできる限り大事にするって。芽衣に愛想尽かされる日まで、絶対手放してやらない……って……聞いてる？

芽衣……」

「あ、あうぅっ……！　あ……っ」

息も絶え絶えに振り返ると、劣情をいなして眉をたわめた彼がいた。汗ばむ肌を打ちつけながら、迷いのない目が私に向けられていた。

さっき彼に言われたことを、私はそっくりそのまま返したくなった。こんなにまっすぐ見られては敵わない。藤澤くんの、この顔を知るのは私だけ。私だけのもの。

がんじがらめにされながら、強気な言葉が口を突いた。

「わ、私も……、逃げたりなんか、してあげない」

「っ……！」

挑発されたみたいに、奥を苛む角度が鋭くなった。

「あ、あああっ……!!」

度をすぎた気持ちよさは、苦痛に近い。そんな気がする。

限界が訪れて、私は彼に許しを乞うた。

「も、我慢……、できな……！　もうイッても、いいですか……ッ？」

「もっと上手にねだれるだろ」

「あああァ……っ！　ください、私に全部……！　ご主人様の、ぜんぶ――!!」

背中を押さえつける手に体重がかかった。ベッドに蹲りながら、私は藤澤くんの顔を見ていたくて懸命に後ろを向いた。

肩越しに少しだけ目が合うと、彼は温もり混じりの声で命じた。

「……一緒にイこう」

「あ——」

最後のたがが外された。

沸き立つ愉悦に身を委ねると、どこまでも高く昇りつめていくような感覚がした。瞬く間に五感が彼で埋め尽くされる。途切れることのない自分の鳴き声は、もう耳に入らない。聞こえるのは体が重なるたびに響く水音と、藤澤くんの喘ぐような吐息。

ひときわ激しく突き上げられ、目の前が白んだ。両手で腰を摑まれて、縄で結われた足がなすすべなくベッドから浮かんだ。肘で体を支え、シーツにしがみつく。

かすれ声に、「芽衣」と呼ばれた。体の最奥に奔流が放たれるのを感じた瞬間、頂点を舞っていた性感が爆ぜて散った。


かたん、と物音がして目を覚ますと、そこには眩い朝日の気配があった。どうやら、天気予報は当たったらしい。

寝返りをうとうとして思いとどまった。全身が気怠くて重い。普段と違う方向に伸びたり縮んだりした関節も、少し文句を言っている。

夕べ私を縛った縄は知らぬ間に解かれていて、布団から出ていた手首に目をやると、ほんのり赤い痕だけがそこに残されていた。

のそりとベッドに体を起こした。

これも記憶にないけれど、私は男物のTシャツとスウェットのズボンを身に着けていた。服の下はといえば、やけにすうすうしていて心もとない。たぶん下着は、さっきから聞こえてくる物音の先にある。昨日着ていた服が洗濯され、乾かされている音だろう。

ベッドの横半分は無人で、洗濯機と同じ方向からシャワーの音がしていた。早起きだなと思いかけたけれど、日射しの雰囲気からして早朝というわけでもなさそうだ。

何時くらいだろう。寝ぼけ眼で窓を見ると、カーテンの隙間から朝日がまっすぐ線を描いていた。綺麗な直線は桟でかくんと折れ、フローリングを進み、ローテーブルを登っている。その先で光は、水の注がれたコップにぶつかっていた。

そこに、ちょこんとなにかが入っているのが見えた。ベッドを下りて近づくと、それが桜だとわかる。がくをつけた花が、水面にぷかぷか浮かんでいた。

触ろうとして指を伸ばしかけたとき、洗面室のドアが開いた。

部屋着のハーフパンツにシャツを着た藤澤くんが、リビングに戻ってくる。洗い髪をタオルで拭いながら、ふとこちらに顔を向けた。

「ああ、おはよ。まだしばらく起きないかと思ってた。体は平気？」

そう言いながら、彼は隣にしゃがんで私の腕を取った。さりげなく、手首にある痕をさすられる。

「……筋肉痛みたいになってるけど、平気。それよりその桜、綺麗だね。夕べからあった？」

「さっきコンビニに行ったんだけど、そこの桜並木でくるくる落ちてきたんだよ。鳥がいたから、つつかれたのかもね。誕生日の朝に花くらいはと……まあ、ちょっと間に合わせで悪いけど」

「ううん、そんなことない。すごく嬉しい」

藤澤くんがカーテンを開けると、レース越しでもわかるくらい外は快晴だった。

陽光がコップの水に反射して、テーブルにはぱらぱらと光の粒が撒かれていた。ささやかな舞台の中央で、五弁の花びらが可憐な輝きを放っている。落ちた先でこんな風に愛でられれば、花も喜んでいるだろう。

「今日は天気もいいし、よかったら買い物に行こう」

「え？　試験勉強はしなくて大丈夫なの？」

「ご心配なく。それなり頑張ったから、今日一日遊んだところで結果は変わらないよ。どこか行きたいところはある？」

「あっ……！　だったら、このあいだ雑誌で見たお店にご飯を食べに行きたい」

「ああ、前に言ってたところね。じゃあ、あとはプレゼントか。なにかリクエストは？」

「えっ、いいの？　えっと……じつは、ちょっと気になってるお店が……」

「うん。じゃあそこにも行ってみよう」

至れり尽くせりとはきっとこのことだ。身に余る特別扱いがくすぐったい。照れ隠しと、念のための確認、それにほんの少しの魔が差して、冗談めかした。

「あの……、変なお店には行かない、よね？」

これまで彼と出かけて、健全なまま帰宅した記憶は数少ない。

私が言わんとすることを理解したらしく、藤澤くんはちらりと私をうかがい、すました様子で答えた。

「確かにあの店も近いけど、誕生日にそんなことしないよ。それくらいのデリカシーはあります」

「そっか」

「お望みとあれば、話は変わってくるけど？」

「……さあ、それはどうでしょう」

今度は私がすまし顔をする。こほんと咳払いをしてはぐらかすと、藤澤くんは楽しげに笑った。

「とりあえず、なにか食べよう。簡単なものしかないけど。飲み物はコーヒーでいい？」

「うん。あ、私も手伝うよ」

「誕生日の人は座ってくつろいでて」

藤澤くんは、立とうとした私の肩を押さえた。そして自分が立ち上がろうとして、ふいにこちらを振り返った。

どうしたのだろう。不思議に思っていると、頭にふわりと唇を落とされた。

「肝心なこと言うの忘れてた。芽衣、誕生日おめでとう」

「……ありがとう」

私はぼんやりと、キッチンに立つ背中を眺めた。電気ケトルに水を注ぐところも、棚から皿とマグカップを出すところも。トースターの、じじじじと細かく刻まれるタイマーの音が心地いい。やがてこぽこぽと湯が沸いて、コーヒーの芳ばしい香りが鼻先をくすぐった。深く吸いこもうとしたけれど、胸はもう、隙間もないくらいいっぱいになっていた。

私は堪らず傍に寄って、藤澤くんの背中に抱きついた。

「やっぱり手伝うよ」

「せっかくの誕生日なんだから、うんともてなされればいいのに」

「こういう性分なの」

「ふうん。だったら、そのままそこに抱きついてなさい。これは、命令ね」

「……それなら、大人しく従おうかな」

私が答えると、藤澤くんの体はくつくつ揺れた。背中越しの鼓動に耳を澄ませるうち、心はますます満ちて溢れそうになった。

温もりの手触りを確かめたくて、抱きしめる腕に力をこめた。
もう誰にでも胸を張って言える。私は、この人が好きだ。ただし――。
あの呼び名のことだけは、誰にも秘密のまま。

〈END〉

# あとがき

初めまして。もしくは、お久しぶりです。このたび蜜夢文庫の仲間入りをしました、かのこと申します。ちょっとアブノーマルな物語、お楽しみ頂けましたでしょうか。

いつもは温和で親切、それこそ仲間内からはいじられキャラで通っているような男性が、じつは真逆のSだったら――。そんな妄想をきっかけにして書いたのが、前半に収録されている「アブノーマル・スイッチ」です。結果として藤澤だけじゃなく芽衣もまた、あんなことやこんなことをして、ずいぶん見かけによらない女性になりました。

作中では、そこかしこにSだとかMだとか、主従関係や緊縛といった非日常的な単語が並んでいたかと思いますが、心に刺さるものはありましたでしょうか。

非日常は、日常からかけ離れた場所にあるものじゃなく、案外どこにでも隠れているものだと思います。

たとえば自分の部屋、学校や会社、電車とか、街を歩いているときでも目には見えない扉があって、それに気づくかどうかは本人次第。芽衣にとって藤澤の声がそうだったみたいに、鍵やスイッチひとつで行き来できるものじゃないかなと思っています。

とはいえ芽衣のように、藤澤の声だけでスイッチが入る癖がついていたら困ることもありそうだな……。だけど、藤澤《S》が芽衣《M》のスイッチを入れているようで、本当は芽衣《M》が無自覚のうち、藤澤《S》にそうさせているような……。SとM、実際には立場が逆転することもあるんじゃないかなと、そんなことを考えながら「仰せのままに」を書きました。

人には言えない秘密があるふたりの恋ですが、どこかしら共感してもらえる部分があれば嬉しいです。


ところで、本編にあたる「アブノーマル・スイッチ」、じつは約六年前に書いた作品を加筆修正したものです。

六年前といえば、私がデビューしたばかりのころ。当時、担当さんから言われた「楽しんで書いてください。そうすれば読者さんにも伝わりますから」という言葉に背中を押されながら、自分好みにのびのびと書くことができた、思い出深い作品です。

それが時間を経て続編を書く機会に恵まれたこと、また、こうして一冊の本にして頂けたこと、とても嬉しく思っています。

どれも、私ひとりが願っただけでは叶いません。関係者の皆様と、なにより作品を手に取ってくださる読者の皆様のおかげだと、心からの感謝を伝えさせてください。本当に、ありがとうございます。

最後に。

この本が、眠れない夜にでも読み返してもらえる、そんな一冊となりますように。

かのこ拝

★電子書店で2ヵ月連続月間1位！
★小説投稿サイトにて累計1600万PV超！